# Un día de la vida de Pepe García

## Entre dos orillas, Sevilla

Manuel Conde Díaz

ISBN:978-84-09-04668-3

# DEDICATORIA

A mi amada esposa Silvia, la más bella entre las huríes del paraíso,
y a nuestra corte de los milagros: las gatas Jimena, Blanquita y
Maricela, la perrita Agustina y el perro Charcot.

**Carpe diem, quam minimum credula postero**

**"Aprovecha el día, confía lo menos posible en el mañana"**

**Cada día es una pequeña vida.**

Horacio (65 AC-8 AC) Poeta latino.


**La vida es aquello que te va sucediendo mientras te empeñas
en hacer otros planes.**

John Lennon (1940-1980) Cantante y compositor británico.


**La vida es una película mal montada.**

Fernando Trueba (1955-?) Director de cine español.

# CONTENIDO

|  |  |  |
|---|---|---|
|  | Prefacio | N.º pág. 7 |
| 1 | De Madrugada | N.º pág. 12 |
| 2 | Despertar gozoso y dichoso | N.º pág. 15 |
| 3 | Secretos afanes y buenas intenciones | N.º pág. 19 |
| 4 | Mamá llama por teléfono | N.º pág. 23 |
| 5 | Y tú ¿de quién eres? | N.º pág. 27 |
| 6 | Confianzas y comienzos | N.º pág. 31 |
| 7 | Un mirador con vistas | N.º pág. 37 |
| 8 | Orden en casa | N.º pág. 43 |
| 9 | El Morapio tiene un patio | N.º pág. 48 |
| 10 | Visiten el gran bazar | N.º pág. 55 |
| 11 | La comisaría central está en el centro | N.º pág. 62 |
| 12 | La taberna el Maravilla | N.º pág. 69 |
| 12+1 | La pandilla que bebe unida... | N.º pág. 76 |
| 14 | Un almuerzo, sin hambre y con apetito | N.º pág. 84 |
| 15 | Una siesta sonora | N.º pág. 90 |
| 16 | A cualquiera puede pasarle | N.º pág. 97 |

17  Ojú, doble o nada                                N.º pág. 103

18  Un poema avisado                                 N.º pág. 112

19  Las noticias de la tele                          N.º pág. 118

20  Cine de verano con tapas                         N.º pág. 124

21  Una peli de vaqueros                             N.º pág. 128

22  Cubata on the rocks                              N.º pág. 133

23  Más vale tarde que nunca                         N.º pág. 139

24  Sensaciones, sentimientos y deseos               N.º pág. 144

25  On the grass                                     N.º pág. 151

26  La vida es sueño/el sueño es vida                N.º pág. 155

    Epílogo                                          N.º pág. 158

# PREFACIO

Los días han debido existir desde siempre, bueno desde siempre no, antes de que existieran, al principio de los principios, debió de existir el tiempo en bruto, amontonado.

La Biblia, libro fundador de nuestra cultura occidental, comienza con el Génesis que nos explica cómo nació nuestro mundo.

*"En el principio creó Dios los cielos y la tierra. Y la tierra estaba desordenada y vacía, y las tinieblas estaban sobre la faz del abismo, y el Espíritu de Dios se movía sobre la faz de las aguas. Y dijo Dios: Sea la luz; y fue la luz. Y vio Dios que la luz era buena; y separó Dios la luz de las tinieblas. Y llamó Dios a la luz Día, y a las tinieblas llamó Noche. Y fue la tarde y la mañana un día."*

Todas las culturas y todos los mundos humanos cuentan con sus génesis. El nuestro dice que lo primero que hizo Dios, fue crear los cielos y la tierra, pero aquello, de entrada, resultó ser un lío, no se veía nada, y para salir del caos inicial y de la oscuridad, hizo la luz. Tuvo que inventar los días, por el suceder del ciclo de la oscuridad y la luz, del amanecer y del ocaso.

Es decir, que tras el tiempo en bruto se inventaron los días, lo cual fue un gran adelanto, quedando las cosas en la simple y continua sucesión del día y la noche, del sol y de la luna. Después, por la humana costumbre de observar las cosas, y especialmente el firmamento, nos pusimos a ordenar el mundo para ordenar las mentes, buscando seguridad y confianza. Así que, poco a poco, empezaron a inventarse los calendarios, con sus siglos, sus años, sus meses, sus semanas, sus días y hasta sus horas y segundos. Fruto de esa ambición humana de controlarlo y clasificarlo todo.

El relato que tiene usted en la mano, trata de lo que ocurrió en lo que conocemos como un día, el lapso de tiempo acotado por el camino que a diario hace el sol, con sus correspondientes trozos de noche. Nos referimos a un día cualquiera y a la vez no es cualquier día, sino un día en particular, un 26 de junio.

Esto del 26 de junio podemos decirlo porque tenemos un calendario, sin él sería imposible. Este día ha debido existir desde siempre, desde hace muchos años, desde el principio de los tiempos, una eternidad, incluso desde antes de que existieran los calendarios, solo que entonces no sabíamos que era el 26 de junio.

La fecha en que la transcurre nuestra historia es un jueves ordinario, no es festivo, el 26 de junio de 1975, según el calendario gregoriano que poco a poco se ha ido convirtiendo en el más utilizado para cubrir las necesidades de la globalización terráquea.

Pero, si tenemos en cuenta otros calendarios, sabemos que en realidad el día en que sucede nuestra historia es también: el 17 Tamuz, del año 5735 del calendario judío; o el yawm al-khamis 16 Jumâda Ath-Thânî del año 1395 del calendario musulmán; o el Panjshanbeh 5 Tir del año 1354 persa. O que ese exacto día, pertenece al año del conejo en el calendario chino; y al año 2518 del calendario budista.

En este día concreto transcurre nuestra historia, sabrán de lo que le ocurrió ese día a un tal Pepe, en donde le sucedió, no se lo adelanto, solo que ha transcurrido en el planeta tierra.

Echemos un vistazo a lo que dicen los anales y registros históricos, sobre este día, conozcamos lo acontecido en las sucesiones de ese mismo día a lo largo de la historia, antes del día en el que trascurre nuestro relato habían sucedido múltiples cosas. Veamos algunas que han quedado en la memoria colectiva.

**********

El 26 de junio del año 68, en Roma, el emperador Nerón se suicida al haber sido abandonado por sus tropas y ser declarado enemigo público por el Senado. Según Dión Casio, sus últimas palabras fueron: «¡Qué artista muere conmigo!». Parece que se quería mucho.

El 26 de junio del año 362, Juan y Pablo, caballeros romanos familiares de Constancia, hija del emperador Constantino, fueron detenidos por el emperador romano Juliano el Apóstata. Estos se negaron a renunciar al servicio de Cristo y fueron degollados y enterrados a escondidas en su casa. Elevados a la santidad por su martirio, ocupan este día del santoral católico.

El 26 de junio del año 363 fallece Juliano el Apóstata, emperador romano entre 361 y 363. Precisamente el que acabó con Juan y Pablo mártires, muere exactamente un año después, extraña coincidencia o ¿castigo divino?

El 26 de junio de 1300 en España, el sultán de Granada Muhammad II toma Alcaudete (Jaén) tras cuatro días de combate. Hacía bastante calor.

El 26 de junio de 1409, en el Concilio de Pisa, previa deposición de los papas Gregorio XII de Roma y Benedicto XIII de Aviñón, se elige por votación unánime como Papa al Cardenal Pedro Philarghi, que toma el nombre de Alejandro V y reúne a la Iglesia escindida. Un acuerdo sensato.

El 26 de junio de 1483, Ricardo III usurpa el trono de Inglaterra. Último monarca de la Casa de York. Tras la muerte de Eduardo IV, el 9 de abril de 1483, llevó a los hijos del rey difunto, sus sobrinos, a la Torre de Londres. Todavía hoy en día se ignora qué sucedió con los «príncipes de la Torre», se ha sospechado que Ricardo III los asesinó o mandó asesinarlos. El poder consiste en eso, échate tú payá que llego yo. El parlamento aprobó el *titulus regius* apoyando a Ricardo, por la prueba de un obispo que declaró que Eduardo IV había contraído matrimonio ilegítimo.

El 26 de junio de 1508, el Cardenal Cisneros inaugura la Universidad de Alcalá de Henares, que sigue funcionando.

El 26 de junio de 1541, es asesinado Francisco Pizarro, conquistador de Perú, en su casa Palacio de Gobierno de Lima, apuñalado por otros españoles: "tantas lanzadas, puñaladas y estocadas que lo acabaron de matar con una de ellas en la garganta". No cabe duda de que le tenían muchas ganas, hubo ensañamiento.

El 26 de junio de 1800, Alessandro Volta, en Como Italia, anuncia el descubrimiento y funcionamiento de la primera pila eléctrica. Hoy en día siguen alimentando nuestros transistores y aparatos eléctricos.

El 26 de junio de 1810, muere Joseph M. Montgolfier, junto a su hermano Jacques inventaron el globo aerostático de aire caliente. Con ello nos aportaron una de las cosas que hay que hacer en la vida, montar en globo.

El 26 de junio de 1822, el Gral. José de San Martín se encuentra en Guayaquil con el Gral. Simón Bolívar. El encuentro entre los dos libertadores fue cordial, estuvieron en desacuerdo sobre el tipo de gobierno que debía regir en el Perú independiente (república o monarquía), Bolívar asume el mando. Dos años después llegó a su fin la guerra de la independencia contra los españoles, ganar era lo importante.

El 26 de junio de 1876 en Estados Unidos se libra la Batalla de Little Bighorn, en la que mueren el general Custer y sus 268 soldados del 7º Regimiento de Caballería del Ejercito de los Estados Unidos, en enfrentamiento contra los indios de las tribus lakota, cheyenes y arapajó liderados por Caballo Loco y jefe Gall, en Montana. La guerra es la guerra.

El 26 de junio de 1878, fallece jovencísima en Madrid, María de las Mercedes de Orleans (n. 1860), reina de España. Protagonizó una romántica y trágica historia con su esposo el rey Alfonso XII.

El 26 de junio de 1908, nace Salvador Allende, político chileno. Falleció en Santiago de Chile, el 3 de noviembre del 1970, se suicidó para no ser apresado, tras ser derrocado violentamente, por el general Augusto Pinochet, mediante un sangriento golpe de estado.

El 26 de junio de 1908, nace en Sevilla, Estrellita Castro, actriz y cantante española. La reina del pasodoble y de la copla española.

El 26 de junio de 1910, estalla una bomba, atentado anarquista, en una función de gala del Teatro Colón de Buenos Aires. A las 21:50 un estruendo interrumpe el bucólico ambiente : una bomba es arrojada desde el paraíso (el sector más popular) y explota sobre la mitad derecha de la platea, en las butacas 422 y 424, fila 14, que por milagro están desocupadas. Asombrosamente no hubo muertos.

El 26 de junio de 1924, luego de 8 años las tropas norteamericanas dejan la República Dominicana, termina la invasión estadounidense, de forma pactada.

El 26 de junio de 1941, en la Segunda Guerra mundial: Finlandia declara la guerra a la URSS. Conchabada con la Alemania nazi y después de haber sido atacada por los rusos meses antes.

El 26 de junio de 1945, en San Francisco (California) representantes de 50 países suscriben la Carta de San Francisco, por la que se constituyen las Naciones Unidas y el Estatuto de la Corte Internacional de Justicia para el mantenimiento de la paz internacional.

El 26 de junio de 1953, fue detenido en Moscú el camarada Lavrenti Beria, el torturador favorito y más longevo de Stalin. Fue acusado, tras la muerte del dictador, de «manejos criminales a favor del capitalismo extranjero», tras una reunión en el Kremlin con Nikita Khruschev y el mariscal Georgi Zhukov, héroe de la Segunda Guerra Mundial.

El 26 de junio de 1956, detienen en México a Fidel Castro, Raúl Castro, Ernesto Che Guevara, junto con otros 20 presuntos miembros del Movimiento 26 de Julio. Poco después desembarcarían en cuba iniciando su revolución.

El 26 de junio de 1960, es el día de la Independencia de Somalia y de Madagascar de la potencia colonial Francia. Lo celebraron por todo lo alto.

El 26 de junio de 1963 en Berlín (Alemania), el presidente de Estados Unidos John F. Kennedy da su célebre discurso "Ich bin ein Berliner" ('soy un berlinés'), con el muro de Berlín por medio.

El 26 de junio de 1968, los EEUU devuelven a Japón la isla de Iwo Jima  En 1945 hizo falta una sangrienta  y terrible batalla, con 7.000 soldados norteamericanos y 22.000 soldados japoneses, muertos, para conquistarla.

El 26 de junio de 1969, El Salvador rompe sus relaciones diplomáticas con Honduras, a causa del hostigamiento a los salvadoreños residentes en Honduras. Esto sucede tras el partido de fútbol celebrado en San Salvador, donde la selección de  Honduras pierde por 3-0 contra El Salvador, en el torneo de clasificación para el mundial de fútbol de 1970. En julio se produjo la guerra de las 100 horas, con unos 10.000 muertos, sobre todo civiles de ambos países, hasta que desfogaron.

El 26 de junio de 1970, Alexander Dubcek es expulsado del Partido

Comunista de Checoslovaquia, había intentado el socialismo en libertad o de rostro humano, sin contar con el permiso del partido comunista de la Unión Soviética. Donde hay patrón, no manda marinero.

El 26 de junio de 1974, el general Augusto Pinochet asume los poderes presidenciales en Chile, nueve meses después de que las fuerzas armadas derrocaran mediante un golpe de estado al Gobierno de Salvador Allende, que este mismo día habría cumplido 74 años. Se suicidó nueve meses antes como reacción al sangriento golpe.

El 26 de junio de 1974, en Ohio, Estados Unidos, se escanea por vez primera el código de barras de un paquete de chicles en un supermercado. Empezó una epidemia que llega hasta nuestros días.

**************

Como pueden ver, en 24 horas pasan muchas cosas. La historia que a continuación comienza durará eso, un día, y a usted espero que su lectura le ocupe un buen rato, disfrute de ella y que le alimente el alma y el entendimiento.

Veamos que ocurre en este día, el 26 de junio de 1985, al que acabamos de llegar.

# 1. DE MADRUGADA

Eran las cinco y treinta y seis minutos del jueves 26 de junio de 1975, en la ribera derecha del rio Guadalquivir a su paso por Sevilla, más exactamente, en el barrio de Triana, en la calle Pureza casa número 64, principal.

En la habitación del fondo se mezclan los susurros de dos respiraciones, la de Pepe, el protagonista de nuestra historia que se encuentra durmiendo plácidamente, y como se habrán percatado no está solo, junto a él duerme Silvia, una preciosa y preciada amiga.

Pepe García, es un joven alto más que ancho, 180 cm, de cuerpo bien proporcionado, 122x78x96, bien parecido, de pelo moreno ondulado y melena a lo beatle. Nació el 14 de abril de 1953 a eso de las cuatro de la tarde, en el 22 aniversario de la proclamación de la II República española. Así pues, este día de autos tiene la exacta edad de veintidós años, dos meses, una semana y cinco días.

Este relato, autorizado por el protagonista sin saberlo, comienza y termina en este día del verano incipiente, en que el cuerpo siente la alegría de la llegada del calor y de las vacaciones a la mente.

**************

...Aquella cara pálida de mujer morena desprendía una extraña belleza, era guapa a rabiar, le resultaba familiar, pero por más que lo intentaba no conseguía recordar su nombre, sabía que empezaba por eme o quizás por o ... además, a ratos sus rasgos se difuminaban, mezclándose en el continuum de su cara, varias fisonomías.

Lo dejó por imposible, no tenía tiempo de continuar con el tremendo esfuerzo que le suponía rehacer sus memorias, se encontraba en un gran desasosiego huyendo de unos extraños seres, unos extraterrestres de pacotilla que le perseguían desde hacía un buen rato.

No conseguía despistarlos, por más que lo intentaba, daba la vuelta a una esquina y al volverse seguían detrás, notaba su presencia, a pesar de que eran transparentes, invisibles, traslúcidos, como hechos de un plástico espeso y pegajoso, su olor agridulce les delataba. Los sentía pegados a sus talones sin saber exactamente desde cuando, pudiera ser que le estuvieran siguiendo desde que nació y no se hubiera percatado hasta ahora, pero desechó esa ocurrencia como imposible.

Notó la desazón que apretaba su garganta y un instante después pensó si no serían su ángel de la guarda, lo descartó como una locura absurda. Ocupado en estos pensamientos debió de descuidarse, de repente, dio un paso en falso en su huida, el vértigo se apoderó de él, caía, en el abismo de una sima, por un agujero sin fin, sintió un pellizco en su estómago que le hizo refugiarse sobre su vientre.

En ese mismo instante puso nombre a la bella cara, Hortensia del Álamo, la chica con la que bailó muy agarrado en aquel maravilloso guateque de despedida del verano del 68, en la playa de Sanlucar. Él tenía 15 años y ella 14, la sangría, la azotea del chalet, la luna, permitió que las juveniles hormonas dialogaran en lo que fue una inolvidable despedida. ¿Como no la había reconocido? Claro, estaba tan ocupado manteniendo a raya a los siniestros "Xs", que no había podido identificar a la propietaria de ese seductor rostro.

Estos recuerdos, le hicieron olvidarse por un momento de su angustiosa caída al abismo, las paredes de la sima ahora recubiertas por el rostro de Hortensia, resultaban un fondo amable sobre el que transcurría la asfixiante sensación de su caída al vacío, se le mezclaron las letras del nombre, la H, la O... y su angustia esperando el golpe con el fondo, cuyo final no se adivinaba por mucho que mirase.

Más las piernas de Hortensia empezaron a participar de aquel tumulto, además de su cara reflejada en las paredes, sus piernas como un suave envoltorio, empezaron a frenar el vértigo de su caída, se fue sintiendo más seguro, hasta el punto que se olvidó de los extraterrestres tan feos que lo perseguían hacía un instante.

Seguía cayendo ahora envuelto en Hortensia, dejándose llevar, iba perdiendo velocidad enredado en sus piernas, en el contacto con la suave y tibia piel de ella, que se mezcló con un molesto zumbido que ganaba en intensidad, penetrando por su oído derecho.

Una sensación incómoda se fue apoderando de él, áspera y localizada en la garganta, notó que algo se le venía encima, por el sonido instintivamente calculó la posición y velocidad con la que se acercaba, pensó que era un obús disparado por los extraños perseguidores, los Xs del otro bando, y lo apartó con un manotazo.

Se medio despertó empapado en sudor, su corazón latía acelerado, incorporó su cabeza girándola a su derecha y miró el radioreloj, marcaba las

5.38. A su lado, tapada bajo las sábanas, vislumbró las formas de Silvia y se tranquilizó, le pareció que había soñado algo. Se acercó a ella dándole un beso en su rizada melena morena, ya que estaba de espaldas, se mimetizó con ella arrimándose a su espalda, a sus nalgas y sus piernas, redoblando con su cuerpo la Z tumbada que hacia el cuerpo de ella, y luego sin darse cuenta volvió a dormirse, zzzzzzz.

No habían pasado ni cinco minutos cuando volvió la aviación acorazada a disparar, lo supo por el ruido de sus motores al acercarse, y el silbido de un obús que impactó en el antebrazo, que Pepe tenía fuera de la sábana anudado a la cintura de Silvia. El picor le hizo despertarse malhumorado, se tapó con la sábana hasta los ojos para huir del ataque del impertinente mosquito. Sus protestas y movimientos consiguieron que Silvia le preguntara sonámbulamente:

—¿Que hora es, papito?

Para a continuación darse media vuelta sin esperar respuesta, tapándose con la sábana. Pepe recordó que no había puesto la pastilla en el moderno aparato antimosquitos, de muy mala gana se levantó a tientas buscando las olorosas pastillas en la alacena del pasillo, para volver al dormitorio e introducirlas en el novedoso aplique que se mantenía enchufado al enchufe.

Se metió en la cama de nuevo, empujó suavemente las piernas de Silvia que habían aprovechado su ausencia para ampliar su territorio, se dio media vuelta y se olvidó del mundo de nuevo.

Mientras tanto... el sol avanzaba aún escondido, prometiendo acabar con las tinieblas en unos minutos, mientras la luna rielaba sobre el río Guadalquivir.

# 2. DESPERTAR GOZOSO Y DICHOSO

Ringggggggggggggggggggggggggggggggggggggggggg

A Pepe no le pasó desapercibido aquel insoportable sonido, lanzó su brazo hacia la mesilla de noche atropellando al radioreloj que lo producía, escaló sus paredes con los dedos hasta la cúspide, explorando su relieve localizó la tecla que lo coronaba, pulsándola impidió que el timbre continuara con su molesto trabajo sonoro de las 7.30 horas.

Silvia se revolvió, rescatando la sábana que había volado con el movimiento giratorio de Pepe y que la había dejado al descubierto, pareció que halando de la tela atrapó a Pepe, que se arrimó a ella.

Tras el alivio de recuperar el silencio y el abrigo, se les hizo presente el tacto de sus cuerpos del uno para el otro y se abrazaron. Pepe, entreabrió el ojo izquierdo localizando el rostro risueño de Silvia que plácido reposaba ensimismado sobre su pecho, el relieve de sus carnosos y sabrosos labios entreabiertos, anticipaba las cálidas curvas de su busto.

Se levantó automáticamente buscando el baño, al salir del dormitorio se le mezclaron las ganas de aliviar su vejiga y un incipiente deseo de yacer con Silvia y sin pensarlo le salió contarle un chiste.

—Hoy vamos a tener que ir a un entierro —le dijo Pepe hablándole despacio, y deteniéndose en su camino hacia el cuarto de baño.

—¿Cómo dices? —le preguntó Silvia alarmada por la noticia y aun dormida.

—Pues esta que se ha levantado tiesa —le dijo sonriendo mientras se volvía y se señalaba, como de pasada, sus partes nobles, vaya su paquete genital que se encontraba abultado.

—Que wevón sois, me habías asustado, no eches maíz tan pronto, que solo trato con difuntos en el hospital —y se volvió de espaldas en la cama, enfurruñada.

Pepe llegó al baño y cumplió su objetivo, mientras aliviaba su mente y su organismo se le vino al pensamiento otro paquete distinto al recién nombrado jocosamente. Este era, un peligroso asunto, unos documentos secretos que tenía en su poder y le estaba guardando a un amigo, hoy tenía que devolvérselos. Se quitó este pensamiento inquietante de encima con un pequeño movimiento de cabeza, y después se sentó en el bidé a refrescarse.

Cuando salía del baño se cruzó con Silvia en la puerta, ella soñolienta se había levantado y se disponía a iniciar el día aseándose, tenía que irse a trabajar. Pepe al cruzarse con ella la detuvo en un cariñoso abrazo y la achuchó diciéndole.

—Qué bien levantarme contigo, comienza un día perfecto, además no tengo que ir a trabajar empiezo las vacances. —Y se marchó a la cama a acurrucarse de nuevo.

Se escuchó la ducha y a Silvia canturreando una guajira.

*Mirando el cielo azulado*
*un guajiro enamorado*
*sus penas de amores*
*se puso a cantar*

*Ven, amorosa guajira*
*que ya nada me inspira*
*ni el canto del ave*
*que surca el azul*

Al poco volvió a aparecer, fresca y reluciente vestida en la toalla, su presencia le despertó del sopor en que había caído, perdido estaba ensoñándose en un barco pirata que asaltaba a una galera turquesa.

Ella abrió la toalla en que se envolvía, para ajustársela, desparramando su frescura e iluminando por un instante la habitación su sexo adornado de un suave tapiz moreno ensortijado.

Pepe con los ojos entreabiertos, tras verla no pudo resistirse, estiró su brazo hacia ella, que se había sentado al otro lado de la cama y comenzaba a vestirse, la alcanzó con la mano, haló de ella hasta que estuvo de nuevo junto a él, la besó en los labios, suavemente atrapó su boca, y cerró los ojos para observarla mejor.

Silvia, aun entredormida como estaba, agradablemente sorprendida no se resistió, por lo que Pepe continuó besándola suave y decididamente, notando como ella se dejaba atrapar para escapársele, mientras le musitaba una queja.

—Déjame, déjame, porfión, no puede ser chico, me tengo que ir a trabajar, al hospital… la huelga —para a continuación, sin esperar respuesta decirle—: me gustas mucho.

Silvia a sus 22 años, era una preciosísima joven de tez morena, casi mulata, brillante melena negra algo rizada, espigada con curvas sin ser altiva, nariz suave, ojos verdeazules, boca carnosa y unos pechos turgentes de formas perfectas, vamos un pibón. Sus andares de gacela complaciente, transmitían una elegancia natural de pasarela, sin necesidad de haber estudiado para modelo.

Era el resultado de una bella mezcla, entre su madre, una cubana morena con un cuarterón mulato y su padre un Jerezano de ojos verdes con ascendientes ingleses. Ellos se conocieron y se enamoraron en la Habana, por donde su padre pasó mientras trabajaba en el negocio de la exportación de los caldos de Jerez a Estados Unidos y al Caribe. Convivieron cinco años, lo suficiente para tener a su preciosa hija y encaminar su crianza, después fueron las vacaciones de Silvia en España, con la familia paterna, y temporadas de su padre en Cuba lo que mantuvo los lazos familiares.

Silvia acabó de espabilarse con el primer ataque amoroso, contraatacó atravesando con su lengua el surco que marcaban los labios de él, que se entreabrieron debido a la sorpresa, la rapidez y la potencia de su acción. Continuaron los dos cada vez más cerca y apasionados, acariciándose, besándose y abrazados se hicieron confidencias.

— Papito, me sabes a papaya, —le dijo ella.

—Me sabes a turrón de cacahuet Primitivo —le dijo él, y se rieron.

Pepe no se cansaba de explorar la geografía de Silvia, sus dedos y sus labios memorizaban sus pequeños accidentes, colinas, valles, recovecos. La retenía en su memoria de forma casi perfecta, de forma natural sin esfuerzo, se entretenía en reconocer, sus volúmenes, sus texturas como si recorriera el mapa en relieve de su país natal. Perdido estaba en reencontrarla en sus caricias y besos, cuando, Silvia que sabía utilizar armas letales, llegado el momento puso su mano sobre el sexo de él.

—Uhummmm, uhummmmm, espérate, espérate —exclamó Pepe abandonadamente, solicitando una tregua, que consiguió.

Cuando se repuso, mientras acariciaba la limpia espalda de Silvia, se le vino al pensamiento que tenía que comprar pilas para el radiocasete, la promesa de un atractivo fin de semana juntos anticipaba el placer en su imaginación y la música sería necesaria y perfecta para un anochecer en la playa de Bolonia, en su pequeña tienda de campaña con la arena como porche y la luna de farol.

—Mi amor, mi diosa, me llevas al paraíso —le susurró él al oído.

—Hazme tuya, mi amor, quiero ser la más deseada, sentirme en tu pasión —le susurró ella.

En asunto de pasiones Silvia le sacaba una buena delantera a Pepe, trataba el sexo con una naturalidad que lo desconcertaba, le sorprendía y le desarmaba. Con ella hacer el amor no era rutina, lo hacían despacio, sin prisas, pero con urgencia, habían construido caprichosos y sublimes momentos entre las sábanas, en su corta historia. Nada que ver con los torpes encuentros amorosos tenidos en este último año, antes de conocerla. Con Silvia estaba descubriendo un mundo de disfrute y libertad, una filosofía del placer del instante que lo atrapaba en la eternidad.

Llegó el momento en que el deseo fue tomando forma y consistencia, desbordando a los cuerpos, él rodeó las caderas de ella y acercaron sus sexos, encajándose en los huecos, sellando las fisuras entre ambos. Los sexos se empujaban sin decidirse a penetrarse, saludándose en la puerta del acto gozoso de desleír los límites de sus epidermis, hasta que se confundieron los cuerpos y las mentes rodeados de abrazo, en un compás compartido de sus caderas

Se hizo el silencio de las palabras, ganaron fuerza las caricias, precipitándose los roces, acompasándose, hasta fundirse plenamente sus caderas, buscando un más allá. Silvia poderosa, cabalgando, Pepe entregado sosteniéndola con todo su esfuerzo.

—Sigue, sigue, cariño mío —decía ella o él.

Y se perdieron el uno en la otra o la una en el otro, en un abrazo entregado a no ser más que movimiento compartido.

Al poco ocurrió lo que tantas veces entre un hombre y una mujer, que se desean, se fueron, se marcharon y se vinieron, cada uno en su momento, acompasada y desacompasadamente, cayeron derrotados por sí mismos, en la pequeña muerte, abatidos, desmantelados y felices, juntos sobre las sábanas blancas, tras lo inefable e inevitable que les había ocurrido.

Abrieron los ojos, a la par que sus cuerpos se relajaban de sus empeños, el relleno de la cavidad y la protección del apéndice, y mientras se miraban a los ojos comenzaron a reírse a la vez, habían empujado fuera de la cama a todos los fantasmas que rondaban para impedir tan gozoso acto.

# 3. SECRETOS, AFANES Y BUENAS INTENCIONES

Encendió un cigarro en la cama, algo extraordinario, nunca fumaba antes del café. Silvia estaba aún prendida sobre su brazo izquierdo, después de la dulce batalla del amor recién consumado, la cercanía en la cama compartida, la pasión calmada, perduraba el agradable recuerdo del abandono del cuerpo, anticipando un sabor de dulce despedida en la mañana.

Aspiró el humo profundamente, cómodamente reclinado en los cojines que hacían las veces de almohada, mientras Silvia le hablaba de no sé quién, al que vería ahora en el hospital, tenía que llegar pronto a la asamblea que decidía la continuación de la huelga de médicos.

La inquietud apareció en él de nuevo, se acordó de los papeles clandestinos que desde ayer le había endosado un amigo, estaban en una bolsa, en la estantería del salón, ocultos entre los libros.

Había sido Juan el negro, militante del Partido Comunista de España, ayer se presentó de forma imprevista, sin avisarle y se los dejó para que se los guardara. Nunca lo había visto tan nervioso y tomando tantas medidas de seguridad, le insistió en que no se lo dijera a nadie, que al mínimo problema de que pudieran caer en otras manos debería destruirlos inmediatamente, absolutamente todos los documentos que le entregaba. Si cayeran en manos de la policía, o en manos equivocadas, perjudicaría a mucha gente honrada y valiente, luchadores contra la dictadura fascista.

No le había dicho a Silvia nada de esos papeles, aunque con ella compartía conciencia y compromiso político antidictadura. Ella era una activa militante de la Joven Guardia Roja, organización maoísta clandestina, rival del Partido Comunista de España. Ella, había nacido y crecido en la cuba castrista, desde hacía dos años vivía en Sevilla, tras terminar en la Universidad de la Habana sus estudios de medicina, había venido para especializarse en ginecología, trabajaba como médico residente de segundo año.

Pepe se dio cuenta que saboreaba el Winston americano traído de la base militar estadounidense de Rota que estaba terminándose entre sus dedos. Hoy era un buen día, no tenía que ir a trabajar al instituto, no tenía que coger el autobús mañanero que cruzando el puente le llevara hasta la Alameda de Hércules en el centro de la ciudad, como cada día durante todo este curso pasado. No tenía que subir en aquella mole azul hueca y ruidosa que transportaba cada mañana sueños y ensueños, sentados o colgados de las barras del techo, bamboleándose al compás de los baches. Estaba comenzando a saborear sus primeras vacaciones tras un año de trabajo, y el polvazo con Silvia había resultado el mejor inicio jamás soñado.

Observó cómo Silvia amanecía desnuda de la cama, destapándose a la vez que se incorporaba, joven, ágil, hermosa, mostrándole su espalda de chocolate con leche y sus amplias y firmes nalgas, que se removían tímidamente a cada pisada. Quiso retenerla, ella se defendió con un pellizco en el flanco izquierdo de su abdomen, que tuvo un efecto inmediato, logró desprenderse hábilmente de él, mostrándose encantada de su saber hacer, insistiéndole en lo tarde que era y en que tenía que irse a trabajar. Se perdió en el cuarto de baño y sonó la ducha de nuevo.

Pepe volvió a remeterse entre las sábanas, buscando el contacto tibio y protector, la liviana seguridad, arrebujándose sin prisa, sin nada decidido.

—¿Quieres café?, hoy hará más calor que ayer —le preguntó Silvia, al poco tiempo.

A través de la ventana penetraba la claridad, que dibujaba el espacio con ramalazos de sol que se colaban por las rendijas entreabiertas de la persiana, permitiendo observar las motas de polvo en suspensión que pululaban entre uno y otro haz de luz, llegando hasta la cama.

—No gracias, después me lo hago —respondió como pudo, sin saber Pepe García, pues le había invadido el sopor de nuevo.

Y en ese mismo instante sonó el bocinazo de un vehículo, seguido del rugido de los motores acelerando. El ruido de los coches, en crescendo intermitente, se mezclaba con el de la cafetera que apuraba el último chorro de agua haciendo un borboteo. También llegó un chasquido lejano en el aire, el chocar de los barriles metálicos de cerveza, recién traídos al bar de enfrente, *el Sport,* que a esta hora estaría alimentando de café y tostadas a los dependientes de las cercanías.

Silvia volvió al dormitorio con su café en la mano, que puso encima de la pequeña cómoda. Incorporada de espaldas y sin esfuerzo aparente, en una elegante conjunción de movimientos de piernas y brazos se llenó de retales.

Pepe se estaba enamorando de Silvia, se estaba atando a ella a pesar de que hacía un año tomó la decisión de no volver a enamorarse. Eso fue tras terminar abruptamente un noviazgo formal. Entonces decidió infantilmente no volver a amar jamás, no volver a comprometerse, como defensa ante su dolor, ilusamente pensó que eso se podía decidir. Ahora pasado un poco de tiempo ya no era tan radical consigo mismo había optado por el amor libre, vaya, ser libre en el amor, aunque no supiera como se hacía eso. El amor libre, el haz el amor y no la guerra estaba de moda, una moda que había venido de California

Silvia no le había dado miedo, le decía que quería compromisos, pero no formalidades, ella le hablaba de una relación abierta. Habían empezado a salir sin proponérselo, tardaron en volver a verse tras el primer encuentro amoroso en la pasada feria de abril, pero últimamente todas las semanas pasaban alguna noche juntos y ahora habían planeado pasar un fin de semana en una playa de la costa salvaje de Cádiz.

Al lado de Silvia se sentía libre, a pesar de que estaba quedando atrapado en ella, sabía aparecer y desaparecer sin inquietarlo. Cuando notaba que sus ojos verdeazules buscaban los suyos caían sus reticencias, y esa mirada de poderoso magnetismo era capaz de convertirlo en un vándalo, recién llegado del norte, dispuesto a reconquistarla.

Silvia era dulce en su trato, sabrosa en su charla, elegante en sus formas, expresión de una rica educación, de una proporcionada mezcla entre las creencias mágicas y la suavidad del carácter caribeño de su madre, y el señorío seudoaristocrático y el cálculo empresarial de su padre. Elementos que fueron engarzados por las monjas ursulinas, en varios cursos de disciplinado internado en su adolescencia

Ella terminó de arreglarse en el cuarto de baño, mientras le hablaba en la lejanía, Pepe seguía entre las sábanas, dispuesto a defender su día libre. Apareció Silvia, su cara morena iluminada con una expresión de satisfacción, arreglada con unos pantalones vaqueros de campana, y una blusa estampada con pequeñas flores silvestres, por donde se insinuaba su pecho sustantivo, oliendo a fresco, en su cuello sobrevolándolo y anidando en sus hombros llevaba el pañuelo palestino, la kuffiya, mirarla le pareció un sueño realizado.

—Hasta luego Pepe, que tarde es —le dijo Silvia con algo de inquietud—. Si llama Felipe le dices que ya estoy de camino, a las 8.30 habíamos quedado. Hay que ver lo que me has hecho amor, qué onda loca, llegaré tarde.

—Y no me arrepiento —le replicó Pepe, desde la cama dándose por aludido—. Te lo haría otra vez, aunque esté prohibido en el libro rojo de Mao Tse Tung.

Silvia llevaba unos días de mucha tensión y trabajo, formaba parte del comité de huelga de médicos residentes del hospital Virgen del Rocío, la consigna que tenían de su organización política era mantener la huelga a toda costa, como fuera, pues se estaban rajando en otros hospitales. Pero esta mañana, tras el amor, su rostro había recuperado una expresión relajada.

Se acercó Silvia a la cama y arrodillándose en el sitio que aún podía sentirse tibio tras su marcha, le rebuscó, encontró su hombro desnudado por la sábana y por sorpresa le dio un mordisco lo suficientemente ligero para obligar a Pepe de nuevo a tenerla en cuenta. Este se volvió, la miró cariñosamente y la imaginó llegando decidida al hospital, alegre, movediza y se le animó el alma.

—Un beso —le pidió Pepe y sus labios suavemente se juntaron por dos veces, rozándose levemente, despertando el deseo al contacto con la humedad del otro—. Pásate por el Maravilla después, tomamos una cerveza y me cuentas como ha ido la agitación política.

—Sí, luego vengo, además tengo que llevarme esos apuntes que me has fotocopiado en el instituto, los dejo ahí que voy muy tarde para subirlos ahora a mi piso.

Se encaminó Silvia decidida hacia la puerta, se detuvo bajo el marco y se volvió a mirarlo, le lanzó un beso antes de desaparecer en el pasillo, beso que fue a estrellarse justamente un metro y veinte antes de la boca de Pepe, cayó a los pies de la cama, una ráfaga de aire cálido que acababa de entrar por la ventana, abierta, lo desvió de su camino.

# 4. MAMA LLAMA POR TELÉFONO

Escuchó como se cerraba la puerta del piso tras la marcha de Silvia, se quedó en la cama remolón, aflojado, dándose media vuelta a sí mismo después de haber comprobado la hora en el radioreloj: las 8.36.

Estaba adormecido, cuando un estremecimiento recorrió su cara, desdibujándole ligeramente la línea del mentón, endureciendo el gesto, —ring, —silencio—, ring, —silencio—, ring, —silencio—, ring —silencio. Era el timbre del teléfono.

Algo disgustado al tener que interrumpir su modorra, como un autómata alargó la mano hasta el aparato sonoro, que impasible y cruelmente interrumpía su descanso desde la mesita de noche. Cada vez que iba a descolgarlo aparecía un estremecimiento misterioso, cierta inquietud, temiendo que la llamada trajera alguna mala noticia inesperada.

Descolgó lentamente, se mesó el flequillo colocándoselo hacia arriba y acercó el auricular a su oreja, dejándose caer estirado en el catre.

—Dígame —inició Pepe el diálogo.

—Hola hijo —dijo una voz de mujer.

—Ah, eres tú mamá, ¿Qué hora es? —miró el reloj, las 8.47.

—Hijo te he llamado desde ayer y no contestas, te llamé antes de comer, por la tarde y por la noche, no cogiste el teléfono ¿dónde estabas?

—No estuve en casa, llegué después, tarde además ahora estaba durmiendo.

—Pero ¿no vas al instituto? ¿Y ayer? ¿Estabas en el instituto?

—Sí, más o menos —respondió Pepe expresando hartura y ambigüedad.

—¿Cómo más o menos? —le contestó su madre inquieta.

23

—Bueno, es que estoy empezando las vacaciones y ayer estuve comiendo fuera con unos amigos, hoy no tengo que ir al instituto.

—Pues te vienes a comer hoy a casa , que no has venido en toda la semana y así te veo.

—No creo que pueda hoy, quiero ir de compras al centro, sabes. Necesito unos pantalones de diario, rojos o negros, ya veré.

—Pues te hace falta ropa, ¿pero negrooos? —Exclamó su madre subiendo el tono de voz—. Ahora que viene el verano colores claros, tú igual que tu padre, le compro camisas, y no le gustan las que le llevo, que gusto más difícil tenéis los dos. Lo mismo me pasa contigo un pantalón negro es para salir de noche, el día que salga te voy a comprar una camisa de las que se llevan este año.

—Pero mamá déjalo, ya me las compraré yo, y ya veré que pantalones me compro…

—No digas tonterías Pepín, —le interrumpió su madre—. Que te conozco y después no te compras nada, tú si quieres te compras otra, además ya que voy para tu padre pues aprovecho. Pero bueno, te llamaba —y cambió a una inflexión de voz conciliadora—. Porque me ha dicho Amparito que como dentro de poco es el cumpleaños de tu padre, que nos podíamos ir ese fin de semana a la playa al piso y pasarlo allí, porque verás, hemos pensado...

Pepe García bostezó a la vez que contraía y estiraba los músculos de los hombros y la espalda, aspirando enérgicamente el aire que atravesaba la boca abierta, y su tórax se hinchaba, esto le sirvió de desperezo a la vez que de un descanso del trabajo para comprender, pues le suponía todo un esfuerzo salir del dulce duermevela y volver a retomar el hilo de la llamada, de la conversación. Así consiguió volver a atender, no al teléfono que mantenía sujetado con su mano izquierda, sino a la voz de su madre que continuaba animadamente hablando.

—...y entonces claro —continuaba diciéndole su madre doña Sofía—. A Felipe por lo visto le han dado un trabajo en el despacho de abogados y lleva un mes trabajando, que yo, y tu hermana dice que es muy buen trabajo, me dijo el otro día que para después del verano se casan y yo fíjate ¿cómo se lo digo a tu padre?, que no le cae bien Felipe, además, no sé, Pepín que te parece a ti, llevan solo seis meses de noviazgo.

—Mamá, ¡seis meses! —Le respondió Pepe incrédulo y alarmado por la noticia—. Venga ya, lo que pasa es que Amparito no os lo decía, porque os teme, pero ya es mayorcita la niña y siempre la he visto con él, desde hace años.

—Ay Pepín, pues si estaban de antes ¿por qué no nos lo dijo? Porque ahora claro tu padre igual se preocupa, ya sabes que conmigo siempre, que tuviera cuidado con las niñas, aunque también por ti. —Doña Sofía disparaba una ametralladora de palabras en estos momentos de ansiedad o preocupación—. Ay pienso que tu padre se va a llevar otro disgusto después de la muerte de la abuela, no ha pasado ni un año, y además lo que pasó tu padre cuando tú te fuiste. Bueno y ahora Pepín pienso en ti, ahí solo, las comidas, Dios sabes que estarás comiendo, bocadillos, podías venirte hoy a comer a casa, te hago arroz a la cubana que tanto te gusta.

—Mamá, que ya salí del colegio, ahora soy el profesor y además mira, hoy viene Lucía y seguro que me deja algo hecho, y tengo berenjenas muy ricas y siempre hay huevos...

—Ay Pepe tú no ves problemas en nada —continuó su madre como si no escuchara sus explicaciones—. Cada vez que te veo estás más delgado y eso debe ser de no comer, y después tu hermana Meli por ahí en Navarra en el curso ese, estoy todos los días leyendo el periódico, mirando a ver que dice de los atentados allí, de los terroristas, ay Pepín que a tu padre no se le puede decir nada.

—Mamá, bueno, pero ¿para qué me llamas? —le interrumpió Pepe impaciente.

—Ay hijo, porque soy tu madre, no es suficiente.

—Eso ya lo sé mamá.

—Pues eso que me dijo Ampari. —Y por fin entró en el motivo de la llamada—. Que quería que Felipe viniera al almuerzo del día de tu padre y allí decírselo, porque mira yo lo que le he dicho a tu hermana que esas cosas deben decírselas ellos a tu padre, pero Pepín, yo quiero que tú estés, conozco a tu padre y contigo allí estoy yo más tranquila, ¿sabes?

—Pero mamá, ¿eso cuándo es?

—Dentro de dos domingos hijo, ¿no te acuerdas?

—Pues mira no creo que pueda, he quedado con unos amigos en irme a la playa, yo iré a comer otro día cuando queráis, porque ni que hubiera que irse fuera para decir lo que se veía venir.

—Lo que se veía venir hijo, pero tan rápido, además que una boda ya no tiene marcha atrás. 22

—Mira madre, yo te llamo este domingo y me dices en que habéis quedado. Te digo mi opinión, mejor que a la playa y que en casa nos lleváis a comer por ahí, por ejemplo, a una venta, la venta Pilín puede ser un buen sitio, cerquita en tablada que le gusta mucho a Papá, con tradición taurina y en la sobremesa se habla.

—Bueno hijo, total que tú lo ves todo normal, pues se lo diré a Amparito que comer todos juntos en un restaurante y que invite a Felipe, a ver en qué queda —continuó Doña Sofía, ya más calmada—. Hablé ayer con tu hermana Meli y mandó saludos para ti y que vendrá a mediados de julio, a ver si la llamas, que seguro que le gusta hablar con su hermano.

—¿Sigue bien por allí con los pamplonicas? Viene pues después de los Sanfermines, a ver si la llamo —respondió Pepe.

—Dice que sí, pero yo creo que no, me dijo que encontraron un coche abandonado en su calle que era de los terroristas de allí y me dice que no se asusta, que tiene cuidado. Bueno hijo, pues te dejo que le voy a poner un café a tu padre. Un beso hijo. —se despidió la madre de Pepe.

—Adiós mamá, Clinck. —Colgó Pepe el teléfono.

Se cortaron las palabras conducidas por el hilo y quedaron dando vueltas por su cabeza. La idea de que el tal Felipe, un auténtico repipi pasase a la categoría de cuñado, de hermano político, caminaba incesante por toda su cabeza, ocupando la región occipital golpeando a veces con la silla turca que la botaba a la parte de atrás del occipucio o se quedaba rebotando una y otra vez entre ambos parietales, pasando a veces a solo unos milímetros del ala menor del esfenoides.

Tardó un rato hasta que por agotamiento Pepe García fue sintiendo alivio en la cabeza, como cuando se extrae una espina del dedo gordo que se clavó andando descalzo por el pinar de un camping. Aliviado se arrellanó y volvió a sus ensueños que todavía no tenía que levantarse, hoy era su primer día de vacaciones. Se consoló pensando en alto.

—Bueno al parecer tendré un cuñado repipi.

Parecía que este prometedor día de vacaciones empezaba con una de cal y otra de arena.

# 5. Y TÚ ¿DE QUIÉN ERES?

Pepe acaba de concluir su primer año de trabajo, tras haberse licenciado el año pasado en filosofía pura, con un expediente normalito sin repetir curso. Destacó en sus estudios con una matrícula de honor en Gnoseología y tres sobresalientes en metafísica, antropología filosófica y filosofía del lenguaje. La matrícula, por un trabajo que el catedrático consideró muy original sobre el problema de Gettier, concluyendo, en una argumentación algo temeraria pero literariamente muy bella, que la distinción entre saber y conocer puede ser una ilusión, por mucho que nos empeñemos en eso de ser objetivos. Que no hay manera de estar seguros más que de nuestra ilusión, y no siempre.

Consiguió con algo de suerte y la recomendación de su padre, Don Mariano, un contrato de profesor interino de filosofía en el Instituto de Bachillerato San Isidoro, donde sustituyó a Doña Carmen que acababa de jubilarse. Así pues, este día del relato era el comienzo de sus primeras vacaciones, tras su primer año de trabajo.

La familia de Pepe pertenecía a la conocida clase media. La componía, su padre Don Mariano dedicado a sus negocios y a la explotación de algunas tierras familiares, su madre Doña Sofía, titulada en puericultura, dedicada a sus tareas domésticas, y completaba el elenco sus tres hermanas. La mayor Amparo, ejercía de tal con afanes protectores y de mando, seguida de Reyes la más dicharachera y alocada de la estirpe, que precedía en dos años a Pepe, tercero y único varón, cerraba la saga Meli, la benjamina, seria estudiosa y aplicada.

Su padre, hombre cariñoso, algo despistado, un poco déspota en la familia por el derecho que le concedían los usos sociales, pero que siempre dio muestras de amor, comprensión y cuidado hacia los suyos. Tenía la virtud de que le gustaba conversar de cualquier tema, con ironía, sensatez y buen humor, hasta de los más escabrosos o conflictivos. Era el primogénito de una familia labradora más que terrateniente, con negocios de arroz, hombre de ideas innovadoras en la agricultura, liberal y demócrata en política, cuya familia como tantas otras había sufrido algunas bajas en los tiempos de la pasada guerra civil. Asunto del que nunca se hablaba, especialmente de la muerte en circunstancias oscuras de su hermano Agustín en 1936, tío de Pepe, que permanecía enterrado junto a los abuelos paternos en el cementerio de la localidad cercana a la capital, de la que era originaria la familia.

Su madre, la Señora Sofía era la segunda de tres hermanas de una distinguida y liberal familia. Don Isidoro, el abuelo materno había sido un ilustre abogado penalista, al que no llegó a conocer, pero del que le había llegado una idealizada imagen transmitida por su madre y sus tías. Fue represaliado, por el régimen dictatorial que se mantenía en el país tras la guerra civil terminada hacia 36 años, lo que truncó la que era una brillante carrera profesional.

Su madre, con ternura y dedicación había criado a sus cuatro hijos y con Pepín, como era llamado familiarmente nuestro protagonista, privilegió sus cuidados y consejos. Tenía desapego por las tareas domésticas, que suplía con gran inteligencia y gusto estético. Valoraba la educación, y lo que es más importante el saber, y clasificaba a las personas entre los que tenían o no tenían estudios y curiosidad.

Dedicaba sus esfuerzos y se mostraba orgullosa del mantenimiento armonioso de las relaciones familiares, de la adecuada combinación de los colores en el vestido de sus hijas y de la exacta y armoniosa decoración del hogar. Mantenía la firme determinación de que los niños que comieran en su casa, ya fueran propios o ajenos, cumplieran con las reglas de urbanidad y acabaran con todo lo que se les ponía en el plato, recuerdo de las hambres pasadas en la postguerra.

Con estos antecedentes familiares, comprenderán, que Pepe García no tenía por qué haber estudiado filosofía, quizás perito agrícola o abogado. Pero cuando en el colegio, religioso, tuvo que aprenderse las cinco vías de Santo Tomás de Aquino demostrativas de la existencia de Dios, le surgieron tantas dudas, o mejor, le parecieron tan por la cara, las respuestas autoritarias del padre Miguel, ante sus inocentes cuestionamientos, que entre tantos silencios, medias verdades y dogmas, tuvo que buscarse explicaciones por sí mismo y empezar a darle al coco.

Utilizó lo que tenía a mano la ironía y el humor de las conversaciones de su padre y la veneración al saber de su madre, así es que se puso a filosofar sin saberlo.

Pepe García estudió filosofía, también influenciado por su tía María, hermana de su madre, licenciada en letras lo que era algo extraordinario en su época y que no cesaba de nombrar a un tal Nietzsche, lo que hizo que buscara muy niño su nombre en el diccionario enciclopédico: *"filósofo, poeta, músico y filólogo alemán, considerado uno de los pensadores contemporáneos más influyentes del siglo XIX*". También podemos considerar que fue un homenaje al amor con que fue criado por su madre, es decir por amor a Sofía, filo-Sofía.

Eso de darle vueltas a las cosas, buscar los porqués más que los paraqués, empezó en su primera infancia. Por poner un momento, el primer golpe a su inocencia confiada en el mundo, que le puso a pensar, ocurrió a la edad de cuatro años cuando se quedó atónito ante la aparición de un perro grande y extraño en el jardín de la casa de verano de los abuelos maternos, aparición que fue seguida un instante después, por el grito asustado de su tata Carmencita que lo acompañaba y que le soltó de la mano.

En aquel momento, se le hizo presente la existencia del tiempo, el antes y el después, en el espacio transcurrido entre la imagen del perro, el grito de su tata y la sensación de su mano suelta, el corte del contacto protector. En aquel instante afloró una primera angustia, perdió su inocencia, absoluta hasta entonces, pero no por el perro que no le causó miedo, sino por el abandono angustiado de su tata, que fue lo que le inquietó.

También en la otra casa, la de los abuelos paternos, en un pueblo cercano a la capital que vivía de cara al río, desde donde se veían pasar camino del puerto fluvial los grandes barcos, algunos con banderas desconocidas y alfabetos ilegibles en sus cascos, que transportaban su imaginación y la de sus primos en las reuniones familiares, adivinando piratas, bandidos y truculentas historias que sucedían dentro de aquellos grandes mundos de hierro flotante, que alimentaban su fantasía.

Fue creciendo y en su casa vivió el rechazo al sistema social dictatorial franquista, aunque afuera no se podía hablar de ese rechazo. La guerra civil, o incivil como prefería llamarla su catedrático de ética en el seminario de la facultad, cuando estaban en confianza, ocurrida hacia casi cuarenta años había dejado grandes secuelas.

En la familia paterna, su abuelo fue un hombre bueno, innovador y liberal que quiso industrializar el campo, tuvo problemas con los sindicatos y también con los propietarios, los de su clase, pues no pensaba igual que ellos. La muerte de su hijo Agustín, fue el precio que pagó la familia, por querer conciliar los intereses de los propietarios y de los jornaleros, por tomar en consideración la opinión de los sindicatos jornaleros y no solo las opiniones que se escuchaban en el casino del pueblo, en aquellos meses difíciles que desembocaron en la guerra.

Siempre sospecharon que a su tío Agustín, no lo mataron por ideas políticas, que el autor o autores también eran socios del casino del pueblo. Unos que después vistieron la camisa azul de la falange, y que en esos turbulentos días, del alzamiento nacional como le llamaron, aprovecharon para vengarse de un rival de amor que les había derrotado, y después culparon a los anarquistas.

Las ideas de rebeldía las cogió de su madre, de su continua reivindicación de la injusticia sufrida en su familia, que, atravesada por la guerra, abortó la que era una excelente carrera profesional en la abogacía de su abuelo, Don Isidoro. Este cometió el error de ser, además de profesional, humano, e identificarse con Santa Rita la abogada de los imposibles. Defendió a los rojos y a los azules, pero tanto liberalismo no se entendió en momentos propicios a radicalismos y venganzas. Así le fue después, tuvo que montar una gestoría cuando no le dejaron ejercer en los tribunales.

Pepe era uno de tantos de una juventud, que empezaba a vivir por su cuenta y quería soltar las mochilas de ese siniestro pasado, se encontraba con la oportunidad de decidir sobre sus circunstancias, como dijo el filósofo: *yo soy yo y mi circunstancia*. No siempre las circunstancias se muestran maleables, lo habitual es lo contrario, su joven generación se había encontrado, con uno de esos momentos históricos en que era posible y razonable, tener la ilusión de que sobre las circunstancias de la vida había que decidir mucho más de lo que estaba decidido. Toda una oportunidad.

Su país, su mundo, anunciaba mudanza, lo que habitaba en el sentimiento colectivo y empujaba a unos y otros a opinar, a discutir de lo que consideraban justo, injusto o conveniente, e incluso a arriesgarse, pelear y jugársela por sus ideas.

La situación no dejaba indiferente a nadie, había tensiones, entre padres e hijos, conversaciones y discusiones a la hora de comer, y hasta prohibiciones de hablar de política en casa, se reproducía como solución lo que ocurría fuera. En el trabajo surgían conflictos entre obreros y patronos, donde antes hubo rutinas silenciosas y conformistas. En el barrio se conversaba de política con los vecinos de confianza y con los amigos, se evitaba a los desconocidos por temor a la represión del régimen y a la policía secreta.

En el país y en las familias, convivía el recuerdo de la terrible guerra incivil cruel y fratricida, vivida por los mayores, ocurrida hacía casi cuarenta años, junto a nuevas miradas que no conocieron la sangre derramada, y que buscaban un futuro libre de tantos prejuicios, que miraban hacia un mundo distinto que se adivinaba cruzando los Pirineos, llamado Europa. Parecía que todos tenían algo que decir o decidir sobre el destino colectivo, con el ahora paternal y severo, antes sanguinario dictador, Francisco Franco, dando señales de que estaba en los últimos momentos de su recorrido biológico.

Bajo estas circunstancias colectivas transcurre este relato de un día de la vida de Pepe García, una vida cualquiera, particular, de un joven que todavía creía que él vivía la vida, sin darse cuenta de que la vida lo vivía a él, mejor que simplemente vivimos, nada más y nada menos.

# 6. CONFIANZAS Y COMIENZOS

Tras colgar el teléfono y la conversación con su madre, siguió un rato apurando la calidez y el confort de la cama, hoy no tenía que ir a trabajar, no tenía que dar clase, empezaban sus vacaciones. El último mes había sido duro, corrigiendo exámenes, horas de aburrida lectura, recordando las caras de sus alumnos, decidiendo si suspenderlos o aprobarlos, eso había sido lo peor de ser profesor, poner la nota. Pensaba que le pagaban por eso, por dar la nota, pues dando clases a veces había disfrutado.

Se descubrió en esos pensamientos y quiso apartarlos, podía seguir durmiendo, hoy no tenía que ocuparse de los grandes filósofos de la historia y comentárselos a esos adolescentes para que apreciaran la belleza del pensamiento, o la exactitud de los razonamientos, aunque la mayoría no le escuchaban o eran unos incrédulos.

Cuando apartó esos pensamientos, ayudado por las favorables circunstancias, volvió a aparecer una nueva inquietud, la de los papeles secretos. Estaban allí en el salón, fue ayer por la mañana que Juan se presentó sin avisar en el instituto, lo sacó de la reunión del seminario y sin darle tiempo a resistirse le endosó el muerto. No sabía que contenía aquel paquete, del tamaño de un maletín de médico, pero con lo que le dijo su amigo al entregárselo, se le había quedado metido el miedo en el cuerpo. Pepe no era militante del partido comunista, ni de ningún otro, se había hecho cargo de esos documentos por la amistad con su amigo Juan, no por el partido, no era la primera vez que le hacía un favor personal de este tipo.

Hacía poco que le había hecho otro favor, acogió en su casa un par de días a un obrero que estaba siendo buscado por la policía, un tal Jesús Sánchez, era su nombre de guerra, del sindicato clandestino comisiones obreras, trabajador de la fábrica de la Hispano Aviación. Hablaron poco, cuanto menos circunstancias supieran el uno del otro mejor, y comió mucho, un chorizo entero y un salchichón en bocatas, llegó con hambre. Llevaba una media melena y le resultó muy simpático, contaba unos chistes estupendos, del dictador Franco se sabía unos cuantos. Le hizo mucha gracia uno muy tonto que le contó:

—Dice que estaba Franco acostado en la cama con su mujer Carmen Polo y esta le dice a su marido: Paco, vamos a joder... Y va Franco, se levanta, y firma siete u ocho decretos. —Y el tal Jesús Sánchez se partía de la risa.

Pepe y Juan se tenían una confianza total. Cuándo Juan le pidió que le guardara los documentos, le advirtió con mucho énfasis que eran muy comprometedores, peligrosos, en caso del mínimo riesgo de perderlos, debería destruirlos. Se los había confiado a él, precisamente porque al no pertenecer al partido, esperaba que la policía no podría sospechar que él los tuviera, pero que además también estarían a salvo de una facción del partido, de algunos miembros del comité provincial que querían destruirlos, ya que les comprometía en graves irregularidades económicas.

Encontró a Juan muy exaltado, no era lo habitual en él, le lanzó un discurso extraño, se le notaba decepcionado de la lucha política, a la vez que muy airado y decidido a seguir, advirtiendo en voz alta, no se sabía a quién, que el partido seguiría siendo un partido comunista y obrero, que defiende a los trabajadores y que serían expulsados los agentes capitalistas emboscados en el partido. Dedujo Pepe que debían tener un fuerte problema interno.

Pero ahora no tenía que decidir nada sobre este asunto, podía seguir durmiendo. Así pues, se echó la sábana por encima del hombro, notando como se ajustaba en torno a su cuello, protegiéndolo del contagio con el afuera, solo su cabeza permanecía destapada.

Le venció el sueño de nuevo, recordando la reciente cercanía de los pechos de Silvia, como los besó delicadamente, recorriendo el contorno del rosado pezón con su lengua y como ella se los ofreció excitada, y él atrapado y atrevido llegó casi al canibalismo.

Ayer se acostaron tarde, y un poco cargados de cerveza, habían salido con los compañeros de Silvia, médicos residentes del hospital, todos estaban tensos y nerviosos con la huelga, hubo discusiones, el temor a despidos y sanciones estaba en el ambiente, tomaron algunas copas de más.

A pesar de que su deseo se disparó en el camino de vuelta a casa, y especialmente en la subida por la escalera, cuando llegaron al piso, Pepe se empeñó en fumar un último join de hachís, y acomodados en la cama envueltos en el humo, aunque Silvia no era fumadora, ninguno de los dos le reclamó nada al otro, simplemente se durmieron entrelazados, lo mismo que la primera noche que pasaron juntos. Fue hace dos meses, en la Feria de abril, tras una tarde que se alargó hasta el amanecer.

La feria es lugar de tópicos típicos, que se hacen realidad por unos días para desaparecer a continuación y quedar relegados a la literatura, al cine o a los recuerdos. En la feria de Sevilla se sabe cuándo se entra, pero no cuándo se sale, es uno de las frases típicas que en esta ocasión se cumplió, Pepe salió tarde y muy bien acompañado.

Ese día, Pepe y su amigo Arturo, que habían quedado con Silvia, Rita y Arantza, llegaron puntuales a la cita bajo la portada de la Feria de Abril. Eran compañeras de piso, Rita de Madrid y Arantza de Bilbao, todas médicos residentes de la residencia sanitaria García Morato, también conocida popularmente como "Corea", como la bautizó el gracejo popular por la de albañiles que fallecieron en accidentes en su construcción, más que bajas en la guerra de Corea. De las tres, Silvia era la única medio-andaluza y la que conocía la feria de Sevilla, por haberla visitado alguna vez con sus padres de pequeña.

Ellas, llegaron casi una hora tarde, tras un reproche de Pepe por el retraso, se encontró con una disculpa y una defensa aguerrida de Silvia que dejó claro que sería contraproducente volver a quejarse del tema, así que sin más explicaciones ni dilaciones se encaminaron a por la primera botella de manzanilla y, a ser posible, un plato de jamón de Jabugo.

Se dirigieron a la caseta de los padres de Pepe, era el sitio ideal, igual podían hasta encontrar una buena mesa para sentarse, eran más de las 5 de la tarde y se habrían ido los que vinieron a la feria a comer. Su padre había sido presidente de la caseta, de módulo familiar, hasta el año pasado y Pepe tenía cuenta abierta, lo que era estupendo para mostrarse espléndido.

Al llegar Pepe, el portero les franqueó la entrada reconociéndolo, fue saludado efusivamente por el camarero, detenido con familiaridad por dos señores mayores correctamente vestidos de traje y corbata y una señora que le informó de que sus padres acababan de marcharse y sus hermanas no estaban por allí, de paso echó una ojeada curiosa a las niñas que le acompañaban.

Tuvieron la suerte de encontrar una mesa, pudieron disfrutar de una primera estación de penitencia feriante, cómodamente sentados en uno de los mejores sitios, con vistas al paseo de caballos. El entorno aturdía los sentidos, la música de sevillanas de la caseta se mezclaba con las palmas de un grupo detenido en la acera bailando y cantando junto a la puerta, la potente luz del sol iluminaba el colorido paisaje de farolillos y lonas verdes blancas, rojas, todo un alegre decorado, con banda sonora, de esa opereta en la que estaban participando, de la que mágicamente habían pasado de espectadores, a ser actores-protagonistas.

Las chicas estaban impresionadas, tras la primera ronda ellas quisieron pagar, ellos orgullosos les aclararon que allí no les cobrarían por mucho que quisiesen, estaban en su caseta. El grupo charlaba cada vez más animado, el alcohol ayudaba a confiarse y a confundirse con el ambiente de fiesta que les rodeaba.

En un momento dado Pepe se puso de pie, pidió silencio a los cuatro y recobrando el equilibrio tras una pequeña camballada, dijo.

—¿Qué más se apetece, que hace falta aquí? —preguntó, mientras miraba a Arturo con una risa cómplice.

La comanda fue saliendo, otra botella de manzanilla, una coca cola para Silvia, una tortilla de patatas y un San Jacobo. Pepe, seguía de pie sin decidirse a ir a pedirlo al bar, ubicado en la zona trasera de la caseta. Arturo charlaba animadamente con Arantza, la manzanilla había conseguido que ella se sintiera como en casa y hablaban sobre los vascos, la ETA, el cercano asesinato del presidente de gobierno Carrero Blanco, la represión política que había venido después. Pero Arantza, no le escuchaba en ese momento pues atendía a Rita que le mostraba el envés del vuelo de su falda vaquera.

Y entonces, sin que los demás se dieran cuenta, se cruzaron sus miradas. La mirada de Pepe encontró la de Silvia y se detuvo, los párpados de ella acusaron el golpe y descendieron levemente, desviando la mirada mediante un suave movimiento de cabeza que insinuaba, sin declararlo, la vergüenza de haber sido sorprendida en un pensamiento de entregado deseo hacia él. Él, se quedó turbado y ya no pudo dejar de pensar en ella.

Siguieron en la feria juntos más pendientes el uno del otro, pasaron por la calle del infierno, montaron en los cacharritos, en la noria, en los coches locos, atravesaron las bullas de las calles, donde sus cuerpos se acercaron y a veces tuvieron que estrujarse, sortearon caballos y carruajes. Ya al anochecer, llegaron a la caseta de Arturo, donde se juntaron con más de veinte de la pandilla. Según avanzó la velada, los roces de Pepe y Silvia se multiplicaron exponencialmente, también sus breves comentarios cómplices, sobre este o aquella.

Las amigas de Silvia no se retiraron pronto, pero les llegó el momento ya metidas en la madrugada, derrotadas por el cansancio y el alcohol se marcharon acompañadas por Javier, Chema y uno de Bilbao que había aparecido por allí. Arturo se había marchado con un grupo a otra caseta, y estaría por ahí.

Al final de la madrugada, casi solos, bailaron emocionados la última sevillana que sonó en el equipo de música. Silvia había perfeccionado su baile por sevillanas dotando a sus movimientos de gracia y sensualidad cubana, Pepe en actitud flamenca, se hincó de rodillas junto a ella y la agarró por el talle en la tercera sevillana, para que ella caracoleara a su alrededor, como una bella gitana pintada por Romero de Torres, de rizada y negra melena evanescente al contraluz de la caseta, en la que destacaba un golpe de color azul, un pequeño ramito de violetas sobre su oreja derecha.

Silvia, estaba preciosa, bellísima, imponente y aquella sevillana que bailaron tan pendientes el uno del otro, como si no hubiera más mundo que aquel bajo la lona, y así fue en aquel instante, dejó a Pepe conmocionado.

Pronto amanecería, las amigas de Silvia se habían retirado, también los amigos de él, quedaron los dos solos. Estaban en la puerta de la caseta, con los faldones echados, disfrutando del fresco de la madrugada, apoyados en la barandilla de forja del balconcillo de entrada, cuando Pepe, acercándose a

Silvia, le comentó al oído, lo más suavemente que pudo, mientras la cogía por el talle:

—Silvia, nos vamos a mi casa, aquí al lado, que ya es muy tarde. —Le dijo Pepe en un susurro.

Silvia lo miró sonriente, y sin decirle nada volvió su mirada al suelo, como estaba, con los codos apoyados en la barandilla, sin contestarle ni una palabra, lo que dejó a Pepe, suspendido en cinco segundos de vergüenza atolondrada. Pausadamente, después de sonreírse para adentro, se incorporó y volviéndose hacia él, sin mediar palabra, le contestó con un beso en los labios, un beso de película, intenso, lento y apasionado que lo dejó todo decidido.

Un final lógico y natural a aquella tarde de confidencias y confianzas entre ambos, con algunos trozos de recuerdos envueltos y olvidados en la bruma etílica de la feria.

Volvieron agarrados, el uno al otro, dando menos tumbos que si fueran por libre. Los achuchones, las caricias, los arrumacos y besos fueron subiendo de tono por el camino, al pasar por la plaza de Cuba, bailaron salsa. En la entrada de la calle Betis, hicieron una parada y se sentaron en un poyete junto al río para descansar y besarse lentamente. Cuando llegaron al piso de Pepe, empezaba a clarear el alba, se besaron en el zaguán y en el rellano de su puerta, él le acarició el pecho, y ya en el dormitorio, en la cama, después de unos lances apasionados en donde empezaron a reconocerse en el tacto de su piel desnuda, el alcohol y el cansancio les hizo quedarse dormidos, acurrucados y entrelazados.

Fue al día siguiente cuando se reconocieron y se amaron apasionadamente, por la mañana, pero aquello no se había convertido en costumbre.

De pronto despertó del duermevela, saliendo del sopor en que estaba con un respingo, miró el reloj intranquilo, eran las 9.34, volvió a recostarse y cerrar los ojos, hoy no tenía laboro. Le costó tiempo y trabajo decidirse a salir de entre las sábanas, el olor del perfume de Silvia prendido a un cojín le retenía, no era lo habitual un polvo matutino, hacérselo por la mañana, y había sido tan bonito.

Fue haciéndose con las riendas, hasta que se encontró sentado recostado en el cojín, refregándose los ojos, después de haberse estirado bajo las sábanas un par de veces. Reparó en su flamante radio-despertador, comprado con su primer sueldo, inversión afectiva y económica que había conseguido que llegara puntual al trabajo, incluso algunos días que no sonó, rompiendo su antigua costumbre de llegar tarde a la facultad por las mañanas.

Pulsó las teclas del radio-reloj para escuchar la radio. El animoso locutor de *la voz del Guadalquivir,* llevaba a cabo una entrevista con el presidente del sindicato vertical de hostelería, hablando sobre el número de turistas esperados y la alta tasa de ocupación de los hoteles, esto ya le decidió a levantarse pensando en un café calentito.

Se levantó como estaba, le agradaba andar descalzo y desnudo por la casa sola, a resguardo de miradas, se acercó a la cafetera, la rellenó de agua, cogió el café molido dentro de un bote de cristal y la cargó, esperando contar con un humeante café en unos momentos.

Camino del baño se asomó al salón, en el estante de abajo de la estantería, estaba el paquete con los papeles secretos, solo se aseguró con la mirada de que seguían allí y recordó que tenía que llamar a Juan después, por la tarde, para saber si hoy podría devolvérselos y quitarse ese peso de encima.

En la mesa baja del salón, un cenicero con colillas sobre un mantelito individual de colores psicodélicos con el símbolo hippy y el lema de haz el amor y no la guerra. También a la vista un paquete de tabaco, un mechero blanco, que aún no había perdido, y una piedra de hachís verde oscura, que recogió metiéndola en una cajita que estaba al lado.

Desde que terminó con Virginia, la que fue su novia formal, se había hecho un consumidor habitual, solía comprar hachís en la plazuela de Santa Ana, muy cerca de donde vivía, lo fumaba sobre todo para combatir su soledad nocturna antes de irse a dormir. Entró en el baño y soltó su agüita amarilla quedándose más relajado.

De vuelta volvió a sentarse en la cama, esperando que la cafetera le avisara con sus sonidos que había terminado su labor, se puso su reloj de pulsera, un casio digital de esfera cuadrada, que marcaba las 9.42.   .

# 7. UN MIRADOR CON VISTAS

Se levantó de la cama, se puso el pantalón de pijama, ajado pero confortable, que estaba hecho una pelota a los pies de la cama. La cafetera ruidosa le había anunciado que su producto estaba terminado. En la cocina, se sirvió el café en una taza de cristal transparente, a la que añadió una nubecilla de leche fría que sacó de la nevera.

Con la taza humeante salió al corto pasillo, a la derecha el pequeño hall de entrada, a la izquierda sin solución de continuidad tras 5 pasos desembocaba en el salón, en la pared de enfrente se abría la puerta del dormitorio y al lado de la puerta de la cocina,antes del salón, estaba la puerta del baño.

Atravesó hasta el salón iluminado por un amplio ventanal que se abría al fondo y alumbraba el piso. Las ventanas formaban  las paredes de un habitáculo que nacía, como una pompa transparente en la que podíamos introducirnos, donde debería estar la pared trasera del salón y lo ampliaba en un espacio diáfano abierto al exterior que  dominaba el paisaje urbano. Ya se había acostumbrado a aquel piso de dos habitaciones: salón y dormitorio, con baño y cocina, se sentía afortunado al haberlo encontrarlo.

Cuando terminó sus estudios de licenciatura el curso anterior y consiguió trabajo de profesor interino, tomó la decisión de independizarse, vivir solo, no tenía claro donde instalarse, únicamente salir de su casa familiar y de su barrio del porvenir donde siempre había vivido.  Buscó alquileres, por el centro de la ciudad, junto a la catedral y la plaza nueva, en el barrio de Santa Cruz que le gustaba, lo que encontró fue muy caro para su exiguo sueldo. Siguió por el barrio de la Alameda, peligroso, viviendas viejas más que antiguas y degradadas, también por el barrio del Arenal junto a la plaza de toros, que conocía a fondo de visitar sus bares y tabernas y a punto estuvo de quedarse en uno de los pisos de un antiguo corral de vecinos, justo enfrente de donde ahora estaba, al otro lado del río.

Cuando llamó al teléfono del anuncio del periódico ABC: *"particular piso amueblado alquiler económico, 271809",* no imaginaba que sería el definitivo.

Fue el hermano de Doña Espi, la casera, quien le atendió por teléfono, lo que le dijo le fue cuadrando, amueblado, un dormitorio, pedía de alquiler 3.500 pesetas lo que entraba en su presupuesto, en Triana un barrio que no se había planteado.

Cuando fue a ver el pisito, le recibió la señora Espi, la casera y su hermano Rodrigo. La puerta de entrada estaba de espaldas al río, no podía imaginar lo que se encontró, un inesperado ventanal, un extraordinario mirador sobre el río y la ciudad, un lujo caprichoso y sorprendente que lo capturó nada más verlo. Salió de allí con el contrato apalabrado, pues le cayó bien a la casera y su hermano se quedó conforme con que fuera profesor de instituto en el San Isidoro, Pepe había tenido un flechazo con el apartamento.

Siempre había vivido en el otro lado del río, en Sevilla, el haber cambiado de orilla, a Triana, le estaba dando una nueva mirada, una nueva perspectiva a su vida y a su ciudad.

Al entrar en el piso notó una sensación de paz, buenas vibraciones, un alucine, que le hizo sentir que aquel era un buen lugar para él. Se vio sentado junto a esa ventana mirando el mundo, mientras fumaba, tomaba un café o una copa. Esa visión le decidió por este piso, y por la ribera de Triana, un barrio que le ofrecía un ambiente más librepensador y festero que la rancia y protocolaria Sevilla oficial. El alquiler le suponía algo más de lo que hubiera deseado para su corto sueldo, consiguió que le rebajara 200 pesetas y así cerraron el trato.

Con el café en la mano, penetró en el salón desde el corto pasillo sin puerta que los separara. Se dirigió al fondo, al mirador, cubículo de casi dos metros por dos, elevado sobre el suelo por tres escalones, rodeado del amplio ventanal de tres láminas, por el que se divisaba el río que hendía la ciudad en dos mitades.

En el pequeño salón convivía una mezcla de estilos. El gusto popular de la dueña, Doña Espi, que aportaba: un pavo real de cerámica, dos cuadros de la caza del zorro en Inglaterra que no venían a cuento en aquella casa Trianera, un cuadro de la virgen de la Esperanza de Triana en su paso de palio, al que se le iluminaban las velas al enchufarlo a la luz eléctrica, y una estatua de San Pancracio en una pequeña hornacina con su lema: *patrón de la salud y el trabajo*.

El otro estilo, añadido por Pepe, lo conformaba una reproducción de gran tamaño del cuadro del Guernica de Picasso con un marco azul cielo, un póster de Jimmy Hendrix abrazado pasionalmente a su guitarra, la falda de la camilla que ocupaba el centro del mirador confeccionada por la superposición de varios pañuelos de tema psicodélicos y el mantelito de la mesa baja del sofá con el símbolo Hippy de haz el amor y no la guerra.

El mobiliario lo componía, en la parte izquierda del salón un sofá marrón de tela gastada, dos sillones, uno haciendo juego con el sofá y otro sillón orejero de piel que era el único mueble que Pepe había incluido en aquel paisaje. Rodeaban a una mesita baja de madera oscura. Sobre la pared una estantería llena de libros algo desordenados con varias novelas leídas, la trilogía de Lawrence Durrell, y algunas por leer, libros de poesía clásica española y el poeta griego Cavafis, la enciclopedia pedagógica y su colección de libros de filósofos más queridos, ortega y Gasset, Hegel, Sartre, Nietzsche, Carlos Marx, los clásicos griegos.

En un extremo de la estantería en un sencillo portarretrato una fotografía de una puesta de sol que le servía para asomarse al mar. En el rincón, sobre una mesita el teléfono. La decoración de esta zona incluía los dos cuadros de cacería, la Virgen de la Esperanza trianera.

En la parte derecha cuatro sillas de madera y una mesa comedor ampliable, un aparador con mueble bar, el póster del guitarrista y la reproducción del Guernica de Picaso, en la esquina la hornacina con San Pancracio con perejil a sus pies.

Al fondo, bajo la ventana del mirador, dos macetas con frondosos helechos le daban un agradable toque de color vegetal al espacio, envolviendo a la camilla que ocupaba el centro.

Atravesó con el café en la mano el salón, subió los tres escalones que llevaban al mirador y se colocó de pie frente a la ventana. Separó los visillos, abrió la ventana y degustó la vista que se le ofrecía, el río servía de rúbrica a la silueta de la ciudad, su skyline, con los grandes edificios que la definían. Se sentó en una silla de enea, delante de la mesa camilla frente al ventanal y encendió el segundo cigarrillo del día.

Enmarcaba la vista por la izquierda, el puente de Triana con sus tres ojos achinados, que unían el barrio con Sevilla.

Justo frente a su ventana, la encalada plaza de toros de la Maestranza, desde la que en las tardes de corrida de éxito, las menos, se escuchaban los olés.

A continuación, la semiderruida fachada de la Maestranza de artillería, lo único que quedaba de lo que fue fábrica y cuartel, solar usado ahora como espacio de conciertos musicales para una nueva estética, que sacaba la cabeza sobre las ruinas de lo ya caduco.

Un poco más al fondo, a la derecha, reluciente asomaba la Giralda sobre los tejados de la catedral, minarete reconvertido en campanario, iglesia edificada sobre mezquita, que en Semana Santa se convertía en el eje de todo el brillo de la actividad ciudadana.

Hacia la derecha, se divisaba la elegante torre del oro, acompañada de unas palmeras, coronada por su pequeña cúpula dorada, y cerrando el paisaje por este lado el puente de San Telmo. Comunicaba la puerta de Jerez y el nuevo barrio de los Remedios, junto a Triana.

Su ventanal y su mirada dominaban el amplio espacio entre esos dos puentes, el de Triana y el de San Telmo.

El puente de Triana, en el año que llevaba disfrutando de esta vista, había sido escenario de escenas imborrables y singulares, expresión de los usos y costumbres del barrio y sus habitantes.

Había visto cruzarlo a hombros a un torero del barrio entrando en Triana tras triunfa, en la Maestranza rodeado de algarabía y olés. También, había visto desde su atalaya cruzar el puente a los cristos y vírgenes del barrio, cuando hacían la estación de penitencia a la Iglesia catedral: la Estrella, el Cachorro, San Gonzalo del tardón, la Virgen de la Esperanza y la Virgen de la O. La emoción que sintió en la despedida del barrio al Cristo de las tres caídas, en la madrugada de Jueves Santo y la de la vuelta con su Virgen de la Esperanza a la mañana siguiente, se le había quedado grabada en su memoria sentimental.

El río tenía distintos rostros, cambiaba, podía ser como una tabla rasa en los pesados y calurosos días de verano, como un campo rizado en el otoño en los días de viento, como una ebullición de hormigas en días de lluvia. También tenía sus transeúntes acuáticos, piragüistas, canoístas, remeros, el último pescador que quedaba y seguía echando sus artes, pescando a la cuchara, con su red. Este andaba agachado de un lado por una operación de pulmón, amarraba su barca bajo el puente de San Telmo, en el mismo sitio del que partió Magallanes para dar la primera vuelta al mundo, su primera etapa acabo en Sanlucar de Barrameda.

El cigarro que había fumado, mientras ensimismado observaba el cuadro del mundo que le ofrecía la ventana, le había dado un dulce mareíto, recreando un estado de tonta serenidad, que le hacía degustar la mera observación del paisaje, innumerables coches acompasadamente se detenían y se ponían en marcha en la orilla de enfrente, en el paseo de Colón.

Se levantó dejando el vaso con restos de café en la camilla, volvió sobre sus pasos, bajó del torreón, cruzó el salón hacia el pasillo y se asomó al otro balconcillo que tenía la casa, en el hall junto a la puerta de entrada.

Desde este Balconcillo se veía la calle Pureza, desde él se podía observar parte de la vida del barrio, los singulares transeúntes y especialmente la barbería de la acera de enfrente, donde Matías con su babi blanco, apoyado en el quicio de su puerta, conversaba con una vecina. Había vecindeo en este barrio antiguo, con sus pros y sus contras, Pepe ya había sido admitido, lo que suponía someterse a las preguntas cotillas de la tendera o soportar las confidencias machistas del barbero, sobre las formas sexuales de las parroquianas y vecinas.

Esas estampas de barrio, muy solidario, le habían hecho sentirse cómodo viviendo en esta parte del río, en Triana, un barrio menos ilustre, pero con una vida más ilustrada. Descorrió las cortinas del balconcillo, una llamarada de luz penetró, un rayo de sol entraba marcándose en el suelo, bajó la persiana de esterilla levantada y se quedó observando como la sombra iba robando territorio al sol.

Pepe había nacido, y se había criado, en el otro lado del río, en Sevilla, en el barrio del Porvenir, ensanche de la ciudad cuando la exposición iberoamericana del 1929, plasmación de un momento de progreso de la ciudad. Estudió con los curas en el colegio Claret, del que recordaba a su profesor de matemáticas Don Carlos, un civil afable, en medio de la severidad y las manías de los religiosos, que le transmitió amor por la docencia.

Como a muchos otros jóvenes de su generación, la Sevilla oficial les cargaba con el excesivo peso de la tradición, de los ritos protocolarios, pesaban más los ritos que los mitos a los que servían. En la parte de Triana había encontrado otro estilo, se hacían las cosas más por el gusto, con más corazón, los mitos y los tópicos estaban vivos, se los podía encontrar a la vuelta de la esquina, como alguna vez le había sucedido escuchando cante flamenco en el Morapio o saliendo a despedir del barrio a la hermandad del Rocío de Triana.

La omnipresencia de la iglesia y de la religión en la vida de la ciudad, le asfixiaba, y lo que era peor el provincianismo chovinista que rechazaba la innovación y lo extranjero.

Como todas las generaciones, la suya se incorporaba a aquellas celebraciones que imprimían carácter a la ciudad, la semana santa y la feria de abril, ellos que mayoritariamente se manifestaban contra el franquismo y sus expresiones sociales, decían que algo había que cambiar en estos eventos, cuando se terminara con la dictadura fascista.

Volvió al dormitorio y de manera automática se echó en la cama, recordó que empezaban sus vacaciones, una agradable sensación, pero volvió a su pensamiento el asunto que le inquietaba, los documentos clandestinos del Partido Comunista que le había guardado a su amigo Juan el negro. Esta tarde tenía que llamarlo por teléfono, así sabría si hoy podría devolvérselos, una especie de presentimiento trágico se le hacía presente al pensar en ello. Lo que le inquietaba no era tenerlos, pues en estos tiempos de dictadura era frecuente asumir riesgos por cosas que no serían ilegales en otro sistema más tolerante, lo que no podía quitarse de la cabeza era la actitud que había tenido su amigo cuándo se los entregó, el que hasta le hiciera jurar que no se lo diría a nadie, que en caso de mínimo peligro los destruiría totalmente.

Respiró hondo y se mantuvo sobre las sábanas, cerrando los ojos, dejando que su mirada interior divagara por distintos mundos por unos instantes..

# 8. ORDEN EN CASA

Estaba aún reclinado en la cama, cuando escuchó una llave que entraba en la cerradura de la puerta. Pepe se estremeció, recordó su cita pendiente con Juan el negro y los papeles secretos que tenía guardados ¿Será la pasma? ¿Vendrán a por mí? Un escalofrío recorrió su cuerpo, empezando en su frente bajó por su cuello hasta el final de la espalda. ¡Uff! que alivio, cayó en la cuenta de que debía ser Lucía, la asistenta doméstica, y al instante escuchó su voz llena de energía que avisaba de su llegada.

—Señorito, soy Lucía.

—Hola Lucía —Pepe respondió a su saludo y saltó de la cama para cerrar la puerta del dormitorio.

—Buenos días Don Pepín —le contestó ella, usando su apodo familiar.

Una vez a la semana, limpiaba el piso y a las cosas les encontraba su sitio lo que era aún más importante. Lucía era una extensión familiar de su madre que llegaba hasta su nuevo domicilio. Tenía algo más de 40 años, había sido la tata de su hermana Meli, la pequeña, y cuando esta creció quedó como criada de confianza en la familia.

Cuando Pepe se fue a vivir solo, su madre insistió en que fuera a hacerle la primera limpieza del piso y ya se quedó. Había sido una medida tranquilizadora para su madre, le ayudaba en el duelo por la marcha de su hijo varón, además le permitía mantener la fantasía de que seguía teniendo la vida de él bajo control, para evitarle sufrimiento, en realidad era ella quien se lo ahorraba..

Lucia era una asistenta discreta y respetuosa, se hacía presente a través de las cosas que cambiaba de sitio, siempre les encontraba su lugar, también por su diligencia en que San Pancracio tuviera perejil fresco a sus

43

pies. Formaba parte de la casa, como la arquitectura del balconcillo, la pequeña alacena de la cocina, o el torreón del salón, en el que por cierto cerraba mal la ventana del medio y dejaba entrar el frío en invierno, un rescoldo polar en los tres o cuatro días malos.

No solía coincidir con Lucía, debido a que él trabajaba por la mañana, cuando ella venía a la casa. Se comunicaban mediante pequeñas notas escritas, que ella confeccionaba con trabajo y faltas de ortografía, escribía como hablaba. Su diligencia en ordenar a veces había creado algún contratiempo, como el día que no encontró la caja con el hachís que olvidó en alguna parte. Al día siguiente la llamó a casa de su madre, donde seguía trabajando, para preguntarle y pronta-mente lo dirigió hacia un cajoncito del mueble de la entrada en donde lo había guardado. Nunca hablaron del contenido de aquella cajita, pero supo que a Lucía no le parecía bien aquello de que fumara porros.

A Lucía le gustaba hablar, sobre todo de sus cuatro hijos y de su marido Antonio, que empinaba el codo más de la cuenta, mientras buscaba trabajo sin ningún éxito, ella culpaba de todo al alcohol no a su marido.

Terminó de disfrutar de la cama, dejando divagar su pensamiento, regodeándose de estos últimos momentos sonambúlicos. Le gustaba ese estado donde los pensamientos se deslizaban suavemente unos encima de otros, llevándolo hacia cualquier parte inimaginable, que en esta ocasión fue al agradable perfume de Silvia al separarse de su abrazo amoroso hacía unos momentos y al sabor dulce de su oreja cuando recorrió con su lengua sus torneadas volutas y saboreó el blando lóbulo que colgaba apetecible.

Tenía por delante el día libre, lo organizó mentalmente, primero se daría una ducha, desayunaría en la calle, después iría al centro a los grandes almacenes, tenía que comprarse ropa para el verano, unos pantalones nuevos, hasta la tarde no tenía que llamar a Juan por teléfono, ya entonces se preocuparía de los papeles secretos.

De fondo, se escuchaba a Lucía canturreando una canción de Marifé de Triana, mientras preparaba una lavadora de ropa.

*María de la O, que desgraciaita*
*gitana tú eres teniéndolo to.*
*Maldito parné que por su culpita*
*dejaste al gitano que fue tu querer.*
*Castigo de Dios, castigo de Dios.*

*Es la crucecita que lleva a cuestas María de la O.*
*María de la O,*

—¿Hoy no trabaja? —le preguntó con un tono alegre Lucía desde la cocina.

—No Lucía, ya empiezo las vacaciones —respondió Pepe.

Se desperezó en la cama, se levantó, se puso su albornoz y salió del dormitorio hasta el cuarto de baño. Miró el reloj, eran las 10 de la mañana, lo que le hizo recordar la canción de Joan Manuel Serrat, *"te levantarás temprano, poco antes de que den las diez"*, canción que hablaba de una chica que tenía estar antes de las diez de la noche en su casa, no a las 10 de la mañana. Teresa su primer ligue serio, con 15 años, tenía que estar antes de las 10, se acordó de ella. Bueno, de cómo él salió huyendo el día en que, se encontró mirando escaparates de muebles con ella que le preguntaba cómo le gustaría el dormitorio, eso sí después de haberse estado dando el lote amoroso en los sillones de la parte oscura del pub.

Abrió el grifo de la bañera, para cerciorarse de que salía caliente, se desprendió del albornoz y se miró desnudo en el amplio espejo encima del lavabo. Su observación cotidiana, perseguía pequeños cambios en su fisionomía, se fijó en su cara, en un anuncio de papada que empezaba a imaginar bajo su barba y en un proyecto de michelín en su barriga que empezaba a sobresalir tímidamente, con vergüenza cervecera.

Volvió a repetirse para sus adentros, debo hacer ejercicio, al menos no explicar sentado en las clases, podía pasear por el estrado mientras buscaba en las caras de sus alumnos alguna señal que le confirmara su interés en las complicaciones del pensamiento Hegeliano, o al menos no haberles transmitido su profunda certeza de que Sartre era un tipo algo pesado.

Se metió en la bañera, movió la llave para dar paso al agua hacia la ducha de teléfono, sujetada con su mano derecha, ajustó las llaves hasta que encontró la temperatura adecuada y empezó su metódico proceso de ducharse. Primero mojarse los pies, después ir subiendo hasta la entrepierna, dejarlo ahí un rato notando el agua cálida en sus partes nobles, seguir por los brazos, hasta que por fin el agua mojaba el pecho y la cabeza.

Ya mojado entero, colgó la ducha en el soporte y se enjabonó sintiendo como su piel iba quedando marcada por el contacto de la esponja y de la espuma, tras un concienzudo recorrido por todo su cuerpo, se mantuvo un buen rato bajo el chorro de agua tibia que rompía en su cabeza, soñando con los limones salvajes del caribe, preguntándose cuándo se ducharía con Silvia, cuándo juguetearían con sus cuerpos enjabonados, resbalándose en el adentro y el afuera.

Se retiró un poco del chorro, para cerrar las llaves, primero la de la fría después la de la caliente, cogió la toalla azul que había dejado al lado sobre la banqueta y comenzó a secarse. También siguió su método, primero la cabeza y el pelo, después los oídos tras golpearse la cabeza ladeada para expulsar una gota de agua que había penetrado en su conducto auditivo izquierdo, siguiendo con el pecho hacia abajo hasta llegar a los pies.

Salió del baño envuelto en la toalla, se miró en el espejo aun empañado y lo limpió del vaho que se resistía a irse. Comenzó a afeitarse distraídamente con su maquinilla eléctrica, y volvió a recordar, aún asombrado, la belleza de Silvia esta mañana y como se encontraron ambos en un compás maravillosamente compartido, cada vez pensaba más en ella, es que se le venía alegremente al pensamiento.

No habían hablado de lo que les estaba pasando como pareja más allá de sus respectivos planteamientos iniciales. Ella le propuso una relación abierta, estaba abierta al mundo por el que pasaba con los ojos muy abiertos, él de entrada le expuso su reticencia, su miedo a comprometerse. Él se propuso a sí mismo, seriamente, que no durmieran juntos más de dos noches a la semana, y en la pasada ya no lo cumplió, habían dormido juntos casi todas las noches, es que Pepe era un metódico frustrado.

¿Tenía que aceptarlo? le encantaba enredarse con sus piernas, sentirlas mezcladas debajo de las sábanas, le gustaba dormir y hacer el amor con ella o ¿era al revés? Bueno el orden de los factores no altera el producto, pensó.

Disfrutó imaginándola en la playa, se habían prometido un fin de semana juntos, con su bikini resaltando su sensual figura, saliendo del agua como una exótica sílfide en una blanca playa del caribe cubano, una auténtica hija de Ochun, su Orisha, pues según le había comentado ella le bajó el santo en sus últimas vacaciones en la Habana. La imaginó absorta, tomando el sol a su lado, satisfecha, satisfecho él al sentirla junto a él con solo mirarla.

Y en estos agradables pensamientos andaba cuando terminó de afeitarse haciéndose con cuidado la línea final de las patillas, con el cortapatillas eléctrico. Al pasar por su mentón izquierdo noto un ligero abultamiento bajo una muela y sin darle más importancia, terminó de echarse el after shave.

Se puso un slip blanco de algodón, el albornoz, y cruzó el pasillo hasta el dormitorio, iba sin peinar, le gustaba dejar eso para lo último. Se puso los pantalones vaqueros del día anterior, que estaban sobre una silla, buscó en el pequeño armario, escogiendo una camisa de grandes flores azules y blancas impecablemente planchada y unos mocasines de cuero como calzado.

Volvió vestido al cuarto de baño a peinarse, se perfumó con su colonia favorita, se miró los dientes en el espejo se los cepilló y puso un par de caras raras antes de ir hacia el salón.

—No hay jabón para la lavadora. —Escuchó a Lucía diciéndole.

—Se me ha olvidado comprar el bombo de colón (marca de detergente) que me habías dejado en tu nota la semana pasada —le respondió Pepe, mientras se imaginaba a Cristóbal Colón tocando un enorme bombo en las gradas de un campo de fútbol, lo que le hizo sonreírse para sus adentros.

—Yo le compraré ahora un paquete pequeño en el colmao de la Trini, para dejar puesta otra lavadora antes de irme. —Solucionó ella.

Terminó de ajustarse el reloj casio digital a la muñeca, se miró en el espejo de la entrada ya saliendo, cuando volvió sobre sus pasos para dejarle el dinero a Lucía. Entró al dormitorio, rebuscó en los bolsillos de la chaquetilla vaquera que había dejado en la silla, recogió las llaves que también se le olvidaban.

—Lucia ahí te dejo el dinero, junto a la tele —le dijo saliendo hacia la puerta. —mira Lucía, por favor, esa bolsa con papeles déjala ahí en el estante donde está, no la muevas, y deja esos paquetes de fotocopias encima de la mesa del comedor que después los necesito.

Estaba dispuesto, podía salir al mundo exterior, miró la hora eran las 10.39 en su reloj, que infatigablemente continuaba cambiando minuto a minuto los números de su tablero. Antes de abrir la puerta, volvió sobre sus pasos, se asomó al mirador hacia el puente, fijándose de forma absurda, por si hubiera alguien con pinta de policía secreta vigilándolo. Cruzó el salón, el pasillo, abrió la puerta, después de mirar por la mirilla comprobando también que no hubiera nadie.

—Lucía, adiós. Hasta la semana que viene. —Se despidió Pepe.

—Adiós señorito Pepín —le contestó Lucía.

# 9. EL MORAPIO TIENE UN PATIO

Al abrir la puerta de su piso, Pepe, salía a un pequeño rellano de la escalera, adornado por una hermosa costilla de Adán, una decoradora maceta que la señora Espi, la casera, cuidaba con gran éxito y de lo que alardeaba a la menor ocasión.

Tras el rellano, bajaba la empinada escalera de dos tramos, unidos por una curva de noventa grados hacia la derecha, sin descanso intermedio. Emparedados entre dos muros, cinco escalones y después once, con un pasamanos de madera atornillado a la pared derecha, cortado en la curva, se reiniciaba al dar la vuelta, ya encarando la luz de la calle. En su pared izquierda, nada más girar, se abría una pequeña escotilla por la que se adivinaba, al bajar por las mañanas, el tiempo que hacía antes de pisar la acera.

La escalera estaba mejor dispuesta para ser bajada que subida, no solo por el esfuerzo que supone llevarle la contraria a la ley de la gravedad, sino porque los escalones a mitad del camino desaparecían al subir en la oscuridad y su uso los había hecho más deslizantes que adherentes. Había habido más de un resbalón nocturno, sin necesidad de que llegara mareado el accidentado, al realizar la escalada.

Bajó despacio, alisándose el pelo con las manos, se aseguró que llevaba la cartera y el carnet de identidad, nunca salía sin él, por si caía en un control de la policía. El calor estaba ya en la escalera, se asomaba por la claraboya cuando pasó por su lado. Bajaba dispuesto a disfrutar de su mañana libre, pasear por la ciudad dirigido por un objetivo a modo de excusa, ir de compras a los grandes almacenes.

La mañana libre, desde que empezó a trabajar eran un lujo escaso, hoy quería disfrutar de esta novedad, sus primeras vacaciones. Además, así le daba esquinazo a la inquietud que tenía con la cita clandestina que tenía que resolver por la tarde con su amigo Juan, lo único que le inquietaba en el día de hoy, hasta por la tarde no tenía que ocuparse de ello.

La escalera, desembocaba en un pequeño zaguán común a las dos viviendas de la planta baja. Una de ellas, ocupada por Doña Espi, que vivía con Felisa su madre anciana, y en el otro piso el Boni un mariquita ya entrado en años, serio y formal, nada afeminado que vivía con sus dos gatos. El zaguán lugar de encuentro de los tres vecinos que convivían en el edificio, espacio de uso público adornado también con macetas, unas hermosas pilistras en el rincón y gitanillas adornando la pared.

Salía dispuesto a tragarse el sol que le correspondía como ciudadano con todos sus derechos, entre ellos quejarse del calor. Atravesó el zaguán, ninguno de los vecinos estaba visible, por la puerta entreabierta salió a la calle Pureza, le deslumbró la luz del sol que directamente bañaba este lado de la estrecha calle, y se echó mano al cinturón buscando sus gafas de sol en el estuche que llevaba al cinto.

Al pisar la calle, se detuvo, miró a un lado y a otro, no observó nada ni nadie extraño, siempre había que estar alerta con la policía secreta. La casa de la derecha era una tienda de ultramarinos, atendida por Silverio, donde compraba los picos-pan, o las botellas de litro de cerveza Cruzcampo o los huevos frescos de gallina de campo, un poco más allá la capilla más señera del barrio, la de la Virgen de la Esperanza de Triana en su misma acera.

Enfrente el bar Sport, siempre con jaleo, por la mañana venían a desayunar café con tostadas los empleados del comercio, las niñas de la farmacia, los albañiles de las obras. También lo usaba él, cuando se levantaba temprano antes de ir al instituto, café y media tostada con jamón serrano, era un lujo que le ponía las pilas y le alegraba el alma. Pedro el dueño, que había ido medio engañado y lo que es más importante, que había sobrevivido a la división azul que luchó en Rusia contra el comunismo, no paraba de quejarse de los nuevos tiempos.

Cogió a la izquierda, en busca del callejón Vázquez de Leca que le llevaría a la plazuela de Santa Ana, fue buscando la sombra hasta que llegó a las altas paredes de la Iglesia de Santa Ana que le protegieron del sol.

Llegó a la plazuela, frente a la iglesia, quería comprar el periódico. Allí estaba el kiosco de prensa y chucherías regentado por doña Carmen una viuda de edad madura, de pequeña de estatura, siempre vestida de negro y amable por encima de cualquier otra cosa. En ese momento, atendía su hija Encarni, con unos preciosos 16 abriles, su belleza creaba furor entre los adolescentes del barrio, los más atrevidos se acercaban a comprarle un cigarrillo, para mirarla y piropearla.

—Buenos días Encarni, me das el periódico, el Correo de Andalucía, —se dirigió Pepe a la kiosquera.

—Ya no me queda el correo —le respondió ella—. Se me han terminado, no sé qué traerá hoy, además dejaron menos que otros días.

—¡Vaya tela! pues entonces dame el ABC —contestó Pepe contrariado.

Cruzó la plazuela de Santa Ana hasta el fondo, con el periódico en la mano, dejó a la derecha el bar Bistec que era una frecuente solución para sus cenas, encaró la calle de la izquierda, buscando un buen desayuno en el Morapio. Era esta una taberna con solera, establecimiento añejo, antiguo sin ser viejo, de trato agradable, fresquito en verano, con un patio sombreado bajo una frondosa parra, también con unas tostadas con manteca colorá y tropezones que quitaban el sentido, al igual que unas riquísimas tapas de pringá. Su imaginación se estaba adelantando, al placer del tercer café caliente ahora con una apetitosa tostada.

Entró al patio, no había casi nadie, se sentó en una mesa bajo la parra, al fondo en el edificio del bar tras los cristales se veía un hombre mayor desayunando en la barra. Abrió el periódico, ya sentado, disfrutando de la comodidad de leer el *ABC* por su formato de revista, era el periódico que siempre leía su padre.

Pepe se había prometido no comprarlo, tergiversaba las informaciones sobre las huelgas y manifestaciones contra la dictadura, así también marcaba diferencias con su padre. En cambio, el Correo de Andalucía, a pesar de ser de la Iglesia católica, publicaba las actividades del movimiento estudiantil y de la oposición antifranquista, se había convertido en el periódico de los progres, recogía sus reivindicaciones. El año pasado, había reproducido el manifiesto de una asamblea de profesores de bachillerato, en la que había una frase que Pepe sugirió y de la que se mostraba muy orgulloso, en su fuero interno:

" el empecinamiento de la dictadura en el inmovilismo tiene el efecto de incorporar a nuevos sectores sociales a la lucha antifranquista"

Empezó a leer el ABC por el final, costumbre que había visto en su abuela Matilde, pero es que a su avanzada edad las noticias más importantes era conocer quienes habían pasado al otro barrio, empezaba leyendo las esquelas. Si había alguien conocido, saber si le había ganado, también irse preparando, haciéndose a la idea. Pepe en cambio, buscaba las noticias de última hora. Además de las numerosas esquelas, encontró una noticia que no dejó de alarmarle, decía el titular: *El demonio existe*, el artículo aclaraba a continuación que un documento vaticano subraya la existencia del mal.

Llegó el camarero, Joaquín, Pepe le pidió un café con nubecilla de leche y la tostada con manteca colorá. Mientras esperaba que se lo trajera, continuó con la lectura del periódico, buscando las noticias de la huelga de médicos, en donde Silvia estaba metida hasta el cuello. En grandes titulares anunciaba el periódico:

"NO HUBO ACUERDO ENTRE EL INP Y LOS MIR"

Buscó ávidamente el desarrollo de la noticia, informaba de lo que había ocurrido en distintas partes de España, por Silvia sabía de las amenazas de los directores franquistas de los hospitales del Instituto Nacional de Previsión, amenazando con cartas de despido a los médicos residentes en huelga.

El artículo informaba que, aunque en algunos centros sanitarios se habían reincorporado al trabajo, en otros se mantenían los paros. En Barcelona seguían en huelga, también en la Coruña, reincorporaciones en Granada, en Castellón y en Zaragoza, también hablaba de Málaga y decía una cosa de allí que le resultó incomprensible:

"en asamblea... los MIR acordaron, en un principio, también por mayoría, proseguir el paro indefinido. Sin embargo, finalmente, se adoptó la medida de la reincorporación al trabajo."

Al fin y al cabo, decía que se había roto la huelga en Málaga, ahora entendía porque Silvia se marchó con tanta prisa y estaba tan tensa.

Que rabia sintió de no tener el *Correo de Andalucía*, sabía que en la información del *ABC* no podía confiar, de hecho, no decía nada de la situación en Sevilla, nada de la asamblea del "Morato" en la que estaría Silvia, seguro que manteniendo la huelga.

En la página trece, vaya tela, hablaban de los despidos de médicos residentes, la cosa se les ponía complicada a los MIR en huelga, debajo del titular en que avisaba de los despidos reproducía la nota oficial del instituto nacional de previsión:

"SE ESTA COMUNICANDO LA BAJA A MIL QUINIENTOS
OCHENTA M.I.R."

Vaya que dejaban a Silvia sin trabajo.

Llegó Joaquín el camarero, dejándole el café, la tostada en el plato y el tazón de manteca colorá con tropezones, después atendió a unos clientes que habían llegado a la mesa de al lado, aprovechó de vuelta con la nota apuntada en su libretilla para detenerse junto a Pepe.

—¿Y tu novia, no viene a desayunar contigo? —le preguntó el camarero—. Mira que es guapa la morena, aunque muy seria.

—No es mi novia, es una buena amiga —le quiso aclarar Pepe—. Se llama Silvia, está trabajando ahora en el hospital, en el Morato. Pero no veas, estoy leyendo en el periódico que despiden a los médicos que están en huelga, y ella está en el comité de huelga, ni más ni menos.

—Pues si hasta los médicos no le quieren, a ver si se marcha ya el franquito de los cojones, que demasiado por culo ha dado ya —contestó el camarero interrumpiéndole algo exaltado—. A esos fascistas se les está acabando el chollo.

—Claro que sí, les queda poco a los fachas, hay que seguir luchando, a ver cómo sigue la cosa, amnistía y libertad, lo que hay que tener cuidado con los militares— respondió Pepe, que se acordó que tenía que hacer la mili.

—¿Sabe usted? La otra mañana vino por aquí uno de la policía secreta, uno muy facha, de la social, preguntando por un vecino, que con quien se juntaba, que de que hablaba, pero se fue jodido, no le dijimos nada. Pidió un café, y el Abelardo, que trabaja en la casa de socorro de celador, y estaba aquí, me dijo, échale unas gotitas de esto que es pa que no esté estreñío. Se las puso él mismo en el café, en la barra antes de llevárselo yo a la mesa en la que estaba sentado con otro que vino, en la misma mesa que usted estaba. No se lo diga usted a nadie eh, pero volvió al rato descompuesto y se metió en el servicio, jajaja…

—Tendré que tener mucho cuidado contigo Joaquín, de no mosquearte por si acaso, ya veo como las gastas —Pepe se quedó alucinado con la historia—. Muy bien hecho, que paguen las cabronadas que están haciendo, jajaja.

—Por cierto, se ha enterao usted ¿En qué se parece una niña de trece años al Sevilla? —le dijo con sorna el camarero.

Joaquín, el camarero, era aficionado al fútbol y muy bético, el otro equipo de la ciudad el Sevilla fútbol club estaba en segunda división a punto de subir a primera, en la que estaba el *Real Betis Balompié*.

—Pues ni idea Joaquín —le contestó Pepe.

—En que ambos tienen poca delantera, les queda grande la liga, y les comienza a gustar la cola, jajajaja —y él solo se reía de su ocurrencia.

Y Joaquín, con su redondeada tripita cervecera contenida por su camisa blanca, remangada, y un mandilito blanco encima de su pantalón negro, se alejó entre risas, para seguir con su faena de atender a los clientes.

Siguió ojeando el periódico, con una abundante información: *levantado el secuestro del Papus,* la revista de humor satírico; *suspendida una mesa redonda sobre colegios profesionales,* que se iba a celebrar en el colegio de médicos; *detenciones de sindicalistas y miembros del partido comunista,* el régimen seguía reprimiendo; *la CIA planea asesinar a Fidel castro,* se lo comentaría a Silvia que le había dicho que nunca lo conseguirían, sabía confidencialmente que Fidel Castro estaba protegido, además de por su servicio secreto por los Orishas más potentes de la santería cubana, el mismísimo Obatalá y que Castro no dudada de encargar a los Babalawo poderosas ceremonias para contrarrestar las maniobras de la CIA buscando su perdición; se anunciaba el pr*oyecto de reconstrucción del puente de Triana; aún no empiezan las obras del mercado de la plaza de la Encarnación,* había sido derribado y no comenzaba su nueva construcción por asuntos de permisos; en el *Sahara varios soldados españoles muertos,* por los saharauis o los marroquíes vete a saber; en Cádiz celebraban la *muestra cinematográfica del atlántico;* la película *Bel de jour en el cine trajano.* Pensó, desde luego el ABC trae más noticias que el Correo, no hay mal que por bien no venga.

Sonaron las once en el reloj de la Iglesia de Santa Ana, le sorprendieron caminando desde el Morapio hacia el río que ya se presentía por la pequeña calle Duarte, desembocó en la calle Betis y su mirada se abrió sobre el paisaje del río y de Sevilla.

Cruzó a la acera de enfrente, junto al río, caminando al lado del murete de piedra que servía de banco donde sentarse, por darse un gusto bajó por la rampa que llevaba a un pequeño embarcadero de piedra junto al agua. De chaval no perdía oportunidad de bajar a tocar el agua. Se detuvo un instante a ras del agua notando el frescor, para subir después hacia el altozano a coger el autobús que le llevaría al centro de la ciudad, a los grandes almacenes, ese era su plan.

Disfrutaba de la espléndida mañana, el sol se hacía notar sin agobiar, una ligera brisa refrescaba la piel, leer el periódico paseando sin prisa era todo un placer. Aunque andar por la calle leyendo el periódico tenía su peligro, no hacía mucho se había golpeado contra una señal de prohibido el paso, que eso sí, ocupaba casi toda la pequeña acera de aquella estrecha calle del centro al lado de la basílica del Gran Poder. En esta ocasión a punto estuvo de un accidente, con una señora con carrito de la compra que venía del mercado de Triana.

—Disculpe, no la he visto. —Le dijo apartándose de su camino, tras dar un frenazo.

# 10. VISITEN EL GRAN BAZAR

Llegó a la parada del autobús apresuradamente, por si acaso estuviera llegando el bus, no perderlo. Le gustaba esperar pendiente del sitio por donde debía aparecer, le hacía feliz descubrirlo llegar desde lejos, ser el primero en verlo y anunciarlo a la cola, que a continuación se removía inquieta, ante la esperada noticia.

En la parada, esperaba una señora ya entrada en años, con un bolso negro abrazado entre sus brazos, coronada por un alto ostentoso y hueco peinado de peluquería, después llegaron dos chavales adolescentes que no paraban de moverse. Como eran pocos no se formó cola, se fueron colocando en torno a la señal de parada bus, respetándose las distancias.

—Ya viene ahí el autobús —exclamó Pepe en voz alta, fue el primero en verlo, y todos se movieron reordenándose en una cola, ante la inminente llegada.

El autobús frenó pesadamente, quedó con la puerta un poco adelantada. Pepe esperó que subiera la señora, tras ella se encaramó sobre la plataforma ayudándose con su brazo derecho agarrado a la barra medianera de la puerta, ya en el vehículo, le entregó el dinero al conductor/cobrador que sin mirarle a la cara le dio el billete.

Entró al espacio limitado por la chapa y los cristales, tenía en el techo tres pequeñas escotillas ligeramente abiertas, dejaban entrar aire que, aunque cálido se agradecía. El autobús iba casi vacío, quedaban asientos libres. Algunas de las caras se movieron para ver a los nuevos inquilinos que entraban en el espacio compartido.

Pepe, se acomodó en un asiento individual en el lado de la sombra, al otro lado se veían los torpes intentos de unas deterioradas persianas de tela verde por detener al sol que penetraba a trozos sobre el suelo, los asientos o algún viajero. El autobús se puso en marcha, el árbol se quedó detenido junto a la parada.

Iba perdido en sus pensamientos, acompañado del vaivén del autobús, cuando se le hizo presente una tensión en su mandíbula izquierda. La había sentido esta mañana al afeitarse, pero no le había dado importancia, ahora en medio del traqueteo y del ruido de las chapas que chocaban entre sí, apareció con más intensidad una molestia que presionaba a la encía por fuera, se tocó con los dedos por encima del carrillo y descubrió un pequeño bulto justo debajo de la muela de la que se le había caído un trozo.

Presintió el dolor, aunque aún no estaba, por ahora solo era una tensión continuada, exploró con su lengua la brecha ya conocida, de aquella muela rota, puntiaguda por un lado que le gustaba recorrer con cuidado, para no arañarse hasta encontrar el borde hendido.

El autobús embocó el puente de Triana, cruzó el río, dejó a su derecha el paseo de Colón y la plaza de toros y a la izquierda el enladrillado edificio regionalista de la caridad, entró en la calle Reyes Católicos, en el casco antiguo con su trazado caprichoso. El autobús, con su presencia imponente y ruidosa cumplía con parsimonia su trabajo, con periódicas paradas, en donde se producía un trasiego de viajeros de sube y baja.

Entre frenazos y ruidos llegaron a la última parada, la plaza Nueva, un señor mayor con el periódico en la mano y una gorra campera sobre la cabeza ya cana se había colocado junto a la puerta de salida. El autobús se detuvo bruscamente, se escuchó el ruido de las puertas neumáticas al abrirse y se lanzó escaleras abajo, volvió a mirar el reloj eran las 11.27 y estaba junto al ayuntamiento.

Marchó andando rápido por la calle Tetuán, las es-trechas aceras obligaban a subir y bajar a la calzada para esquivar a viandantes y compradores de las numerosas tiendas, llegó pronto a la plaza de la Campana desde la que se divisaba la siguiente plaza, la del Duque con el inmaculado edificio cúbico y blanco en donde abrían sus puertas los grandes almacene, hacia donde se dirigía, máxima expresión de la modernidad y del incipiente consumismo en el país de los planes de desarrollo.

Decidido atravesó la amplia entrada del gran bazar moderno, notó el revuelo de aire acondicionado que marcaba el límite entre el afuera caluroso y el adentro aclimatado. Esquivó hábilmente a una mujer teñida de rubia que, con un ceñido suéter verde limón, transportaba un paquete en una gran bolsa de asas y sin ningún reparo avanzaba hacia el sol que se entreveía al otro lado, sin detenerse ante nada ni nadie.

De pronto se sintió vigilado entre aquella marabunta, un joven con bigote a lo Charlot que había viajado con él en el autobús, entraba un poco detrás de él en los almacenes. Por un momento volvió a pensar en los papeles secretos que escondía en su casa, imagino que podían saberlo y le estaban siguiendo para que los llevara hasta su amigo Juan, y capturar los comprometedores documentos.

Ayer precisamente había hablado con Silvia de la policía secreta, salió el tema con lo de la huelga de médicos residentes, a ella la detuvieron hacía unos meses, en febrero pasado, después de una jornada de lucha antifascista, la citaron en la comisaría y allí la interrogó la brigada política-social.

No tenían ninguna prueba, nada concreto contra ella, pero sabían que se movía en grupos de jóvenes médicos contra la dictadura. La amenazaban con que era cubana, comunista, que había vivido y estudiado medicina allí. La acusaron de que había estado en la manifestación, pero sin pruebas, ella claro lo negó contundentemente.

Fueron varias horas, varios interrogatorios, con lo del poli bueno y el malo, se alternaban, el que amenaza y después el que empatiza con su situación de detenida. Le preguntaban a que había venido a España, ella les repetía que su padre era español, aunque ya lo sabían, y que había venido a hacer la especialidad de medicina. Varias horas, desde media mañana, hasta la noche, insistían que sabían que era comunista, ella lo negaba, lo único que tenían era que había vivido en cuba con su madre, la malmetían contra su padre, ella decía que era española, jerezana, que había vivido muchas temporadas en Jerez con su padre, que era mentira de lo que la acusaban, que ella era cubana y española, que tenía la doble nacionalidad.

Le preguntaron por el Che Guevara, no sabía cómo podían conocer que su madre y el Che habían sido amigos allí en la Habana, ella le había comentado que lo había conocido en su casa, de pequeña, un hombre muy atractivo.

Gracias a que se movió su padre, que usó sus influencias con gente del régimen, habló con un coronel de la guardia civil amigo de la familia, consiguió que la soltaran ese mismo día, podían haberla tenido hasta tres días en comisaría por la cara.

Por un momento, dudó, se detuvo, momentáneamente confundido en el ajetreo humano que le rodeaba, esperó a que el del bigote le adelantara para asegurarse que no le seguía. Sacudió levemente la cabeza y reorientado continuó hacia la escalera automática que majestuosa se divisaba delante de él, rodeada de vitrinas con pañuelos, figuras de cristal, lazos, monederos, cajas, alfileres, relojes, sombreros, un compendio de objetos que daban buena muestra del ingenio humano para seducir a la vista.

Apareció el peldaño de la escalera mecánica, precavidamente dio un paso adelante descargando todo su peso en su pie derecho para subirse al artilugio, comenzó a subir estando quieto lo que le creaba una agradable sensación desde la primera vez que la sintió. Mientras ascendía apoyó el pie izquierdo en el peldaño superior, al que incorporó inmediatamente todo el cuerpo, ganando un escalón. Su mano derecha buscó el pasamanos de goma que se desplazaba al unísono, creando la magia de avanzar sin moverse. Seguían produciéndole mucho respeto las escaleras mecánicas, no había llegado a confiar del todo en aquella peligrosa máquina.

Recordaba el primer día que fueron la pandilla de chavales al centro de la ciudad a los grandes almacenes, en segundo de bachillerato. Con una mezcla de miedo y valentía penetraron en el mágico edificio lleno de luces y maravillosos objetos que deslumbraban sus ojos. La escalera mecánica, fue su juguete preferido, les paseó por todas las plantas, también hubo alguna caída, hasta que los empleados les echaron con amenazas de avisar a sus padres.

Había llegado a la primera planta, colgado del techo un cartel, en el que encontró la palabra caballeros planta tercera, se sintió reconfortado por la información que le aseguraba en su destino. Cambió de tramo de escalera, para encarar el segundo piso con la habilidad del que sabe lo que tiene que hacer. En la esquina de la segunda planta, dedicada a las señoras, esperaban dos lindas maniquíes en bañador último modelo en estandarizadas posiciones, que hacía que destacaran sus sintéticos y rígidos pechos de cartón piedra envueltos por alegres y suaves tejidos coloreados, siguió para arriba.

Aterrizó por fin en la tercera planta, la de caballeros, donde fue recibido por un señor de piel sintética y morena de unos 33 años, cuerpo atlético, 1,75 cm de altura y 70 kilos, pelo corto moreno bien peinado y un sobrio y justo bigote recortado en sus puntas finas, aderezado con una despampanante camisa estilo guayabera y unas bermudas a pequeñas rallas rosas y blancas que le sentaban de maravilla.

El aire se llenó de un eco conocido.

—Señor Rodríguez Costas, señor Rodríguez Costas, le esperan en puerta salida plaza del Duque —se escuchó por los altavoces.

Y se imaginó a la señorita del puesto de información ,con los labios pintados de rojo hablando  frente al micrófono, tras su coqueto mostrador de suaves colores y rodeada de los agradables olores de perfumes de las tiendas de belleza cercanas.  Los grandes almacenes se habrían convertido para Pepe en un estimulante mundo para todos sus sentidos.

—Señor Rodríguez Costas, le esperan en puerta de salida Plaza del Duque —continuaban diciendo los altavoces.

Penetró ensimismado, en los pasillos de estantes repletos de prendas, pañuelos, ropa interior, camisería, corbatas, pantalones, jerséis, le despertó un halo de perfume dulce que prendió la atmósfera al cruzarse con una mujer alta morena, hermosa y distante que además dejó en su mano la marca insolente del roce de su vestido, se volvió a mirar como desaparecía inmutable detrás de las vitrinas de regalos de caballeros y se detuvo a considerar hacia donde debía encaminar sus pasos. Preguntó a un dependiente.

—Por favor —continuó Pepe cuando ganó la atención del dependiente—. Estoy buscando pantalones, para mí, de sport.

—Siga usted, al fondo a la derecha —le contestó amablemente el dependiente

—Gracias —respondió Pepe, encaminando sus pasos hacía donde le había indicado.

Y esquivando a varios individuos, andando por los caminos creados por las estanterías rellenas de prendas ordenadas, apiladas, que llenaban el espacio visual al completo, fue en busca de sus pantalones. Pero, qué horror el tipo del bigote estaba allí, de nuevo lo veía unos pasillos más allá en la zona de camisas, no podía ser una casualidad, en el autobús, en la entrada, ahora aquí en la planta de caballeros. Decidió, muy nervioso, subir a la planta de deportes para despistarlo y observar si le seguía, vaya no podía uno confiarse en ningún lado. Con paso rápido, disimulando,  se fue hacia las escaleras mecánicas y en un momento estaba en la quinta planta y se quedó mirando inquieto las escaleras, por si lo veía aparecer. Disimuló, mirando unas macetas de ocasión para el jardín que no tenía.

Pasado un rato, sin que subiera el del bigote, se calmó el ritmo cardíaco y él también se tranquilizó, no había subido nadie sospechoso, así pues, decidió volver a la  tercera planta en busca de sus pantalones.

Los había imaginado, verdes, rojos, azules de color discreto, el negro lo descartó después de los comentarios de su madre. Los quería elegantes, frescos para el verano, y se metió a buscar entre las hileras de perchas.

Estaba en la zona de vaqueros, en varios tonos azules, todos con su corte acampanado más o menos acentuado, era la moda, un poco más allá llegó al pantalón de vestir clásico y después en un extremo de la planta llegó a la zona de ropa joven, como una isla de colorido en la sobriedad de los colores de la ropa anterior.

Tras trastear un poco empezó a sentirse incómodo, no encontraba el pantalón imaginado, no existía entre aquel montón de prendas hechas para vestir las más variadas piernas de ciudadanos. Por suerte su imaginación se fue reconciliando con un pantalón verde entre carruaje y aceituna que divisó en las estanterías de ropa joven y al dirigirse a él encontró justo al lado un pantalón negro de corte vaquero, ajustado, confeccionado en algodón, que le dejó satisfecho. Se atrevió a llevárselo, justificándolo en que no era por llevarle la contraria a su madre, era una ganga con una rebaja del 30%, lo que terminó de decidirle, además el negro iba con todo y se salía de la rutina de los vaqueros azules, bueno que le habían gustado, para que darle más vueltas.

Con su pantalón en la mano se acercó a la caja, un amable dependiente le preguntó si no deseaba comprar nada más, camisa, bañador, a lo que respondió con una cortés negativa, mientras lo miraba a los ojos. Sacó el dinero de la cartera, a la vez que el dependiente le entregaba la bolsa de plástico con el pantalón dentro, después le entregó su ticket de compra y el cambio.

Caminó hacia la salida, se reflejó al pasar junto a la escalera en una vitrina de panel acristalado ocupada por múltiples cinturones de piel en una inexpresiva aglomeración, volvió a pasar junto a las maniquíes de la planta de señoras y en un momento le sorprendió el recuerdo de los pechos de su compañera de facultad, Mariajo, volviendo a preguntarse. ¿Por qué le decían Mariajo, en vez de María José? Sin encontrar una asociación posible entre el sabor fuerte de su nombre y el sabor dulce de sus pechos en aquel verano soleado del viaje del paso del ecuador en tercero de carrera de filosofía.

Se chocó, ya en la planta baja cerca de la puerta de salida, con el hombro decidido de un señor madurito, que le desplazó varios centímetros, un señor elegantemente vestido con traje gris y corbata discreta a rallas inclinadas que, sujetando un portafolios en su mano izquierda, entraba decidido con la vista perdida hacia el final del espacio habitado del gran almacén.

—Perdone —le dijo Pepe por educación, pero el tipo aquel ni lo miró.

Atravesó de nuevo el revuelo de aire y de gente que marcaba la puerta de salida, mientras se alejaba de aquel ejecutivo agarrado al maletín que continuaba impasible y maleducadamente su destino, como si participara en un torneo de lanza en ristre con su portafolio negro.

Ya en la Plaza del Duque sintió de nuevo el sol, el calor, el movimiento de fuga que la ciudad entera establecía en torno a la claridad rebosante y directa, buscó rápido la sombra del primer árbol que se encontraba a unos diez metros, en la glorieta que ocupaba el centro de la plaza.

Tenía pensado volver andando por la avenida de José Antonio, pasar por la catedral y un poco antes de llegar a la puerta de Jerez, subir a la izquierda por el callejón Miguel de Mañara y pasar por la librería Antonio Machado. Estaba buscando un libro de Lenin, prohibido, *"materialismo y empirocriticismo"*, le había dicho un amigo militante del partido socialista que, preguntando por un tal Alfonso, un librero de confianza, podría encontrarlo allí. Tenía que decirle que iba de parte de Francis del San Isidoro.

Estaba cruzando de vuelta la plaza de la Campana, alimentada de gente por las calles Tetuán y Sierpes, cuando recordó que tenía un asunto pendiente, preguntar a la policía por el certificado de buena conducta que tenía solicitado y no le llegaba. Lo necesitaba para hacer la mili en Sevilla, se le habían acabado las prórrogas por estudios. La comisaría central estaba allí al lado a un minuto andando, así es que decidió volverse a la plaza aledaña, de la Gavidia, y pasar a preguntar por su certificado en la comisaría, ahora que tenía tiempo libre.

# 11. LA COMISARÍA CENTRAL ESTÁ EN EL CENTRO

Hacía más de tres meses que lo solicitó, ya se había acercado hacía unas tres semanas, a preguntar a la comisaría central de la Gavidia, en la ventanilla de abajo le dijeron que si no lo recibía tendría que preguntar en la brigada político-social, que eso lo llevaban ellos directamente. Había aplazado esa nueva visita con la esperanza que le llegase a casa, pero seguía sin tenerlo y hoy sin haberlo planeado se acercó a aclarar de una vez este asunto.

Así pues, con algo de inquietud en el cuerpo se dirigió a la comisaría, en ese momento no se acordó de los documentos clandestinos que tenía guardados, pues visitar a la pasma en los tiempos que corrían nunca era agradable. Necesitaba el certificado de buena conducta, para hacer la mili en Sevilla. El servicio militar obligatorio, sin el certificado  igual tendría que hacerla por sorteo en cualquier destino, Pontevedra o en Canarias y con el Sahara medio en guerra, no quería ni pensar que le pudieran destinar allí.

Entró en aquel desangelado y sórdido edificio acristalado, de formas cuadradas y tristes colores pardos y grises-azulados, que no encajaba en el paisaje variopinto y barroco que lo rodeaba. Un policía vestido de gris, nada atlético, se guarecía a la sombra bajo el porche que precedía a la puerta de entrada. Pepe, subió los pocos peldaños que daban acceso y entró en la comisaría central.

Un amplio y ancho hall se abría ante él, con pasillos a derecha e izquierda, al fondo varias ventanillas. Por suerte, para calmar su turbación divisó en una mesa adosada en la pared de la derecha a un policía sentado, aislado del trasiego que pasaba a su lado sin rozarle, leía el periódico. Se dirigió hacia él, haciéndose notar y buscando la mirada del funcionario que seguía en la prensa deportiva, cuando estuvo enfrente lo más cortésmente que pudo le dijo,

—Por favor, disculpe.

El funcionario le pidió un momento con un gesto de su mano y terminó precipitadamente de leer algo.

—Dígame. —Atendió el guardia.

—Para preguntar por un certificado de buena conducta —le explicó Pepe su problema.

—La ventanilla del fondo a la derecha, la segunda —le informó el guardia escuetamente.

—Perdone —contestó Pepe rápidamente— pero allí pregunté hace unos días y me dijeron que tendría que preguntar en la brigada social, si no lo recibía.

—Pues entonces, en la primera planta, subiendo la escalera, en la puerta que pone brigada político-social —contestó el guardia, dando por zanjada la conversación

—Gracias. —Se despidió Pepe, mientras el funcionario volvió a ocuparse de sus asuntos periodísticos.

Se dirigió hacia el fondo del amplio hall y llamó al ascensor, esperó removiéndose inquieto con pequeños pasos, hasta que la luz bajando por la banda de cristal esmerilado que atravesaba la puerta de arriba abajo anunció la llegada del aparato. Entró solo, se cerró la puerta tras de sí con un ruido a cacharro, apretó el botón del primero y mientras subía se miró en el espejo de medio cuerpo que ocupaba el fondo, aprovechando para repeinarse con los dedos. El ascensor paró bruscamente, anunciándolo con un chasquido.

Al salir, encontró tres pasillos que salían del distribuidor, intentó localizar la puerta que le había indicado el policía de abajo, pero no encontraba ningún letrero de "brigada político social". Estaba paralizado cuando se abrió una puerta en el pasillo de la derecha, salió un tipo vestido de paisano, camisa blanca y corbata, mangas arremangadas y el nudo de la corbata aflojado. Le seguía un chaval joven con las manos esposadas a la espalda acompañado por un guardia con su uniforme gris y su gorra de plato. Al llegar a la altura de Pepe, el que iba primero vestido de paisano, muy mal encarado se dirigió a él.

—¿Qué hace usted aquí? —le preguntó con voz irritada el tipo de la camisa—. ¿Que lleva en esa bolsa?

—Vengo a preguntar por un certificado en la brigada social —le contestó Pepe muy azorado—, un pantalón que he comprado en el corte inglés, oiga.

—¿Social, social? —El tipo se molestó más y casi le gritó—. Subinspección político-social imbécil, en el pasillo del centro, la puerta de la izquierda.

Pepe, observó de reojo al detenido cuando pasaba junto a él, acojonado descubrió que lo conocía de vista, era Vicente el patillas, militante del partido comunista de medicina, alguna vez lo había visto con su amigo Juan el negro, conspirando en las asambleas estudiantiles. Le entró el canguelo en su cuerpo, "el patillas" tenía un ojo hinchado y amoratado, y no se atrevía ni a levantar la mirada del suelo cuando se cruzó con él.

Muerto de miedo, llamó a la puerta que le había indicado el tipo malencarado, aunque no veía ningún cartel informativo. Se acordó de pronto de los papeles comprometedores que tenía guardados a su amigo Juan, se preocupó maldiciendo por qué no había venido a preguntar otro día que estuviera limpio de asuntos clandestinos y comprometedores. Tras llamar tres veces a la puerta, sin obtener respuesta, se decidió a abrirla levemente y mirar. Encontró una habitación dividida en dos por un mostrador, al fondo se abría otra puerta, detrás del mostrador una mesa de oficina no había nadie, tímidamente terminó de abrir la puerta y pasó.

—Buenos días —dijo Pepe en  voz alta, seguido de un ligero carraspeo.

—Pase, espere un momento y le atiendo —le contestó desde detrás de la puerta del fondo entreabierta, una voz algo aguda.

Entró despacio, hasta llegar al mostrador, en donde se quedó de pie esperando.

Tras un par de minutos, que se le hicieron una eternidad, apareció por la puerta del fondo vestido de paisano un funcionario, inesperadamente su cara le resultó familiar. Una extraña sensación se apoderó de él, el temor, la tensa espera lo tenían superalerta y el rostro que apareció tardó en reconocerlo, aunque le era familiar, no esperaba encontrarlo allí.

Tras superar su primer momento de desconcierto, le reconoció, era Gumer, Gumersindo su compañero de pupitre del colegio en primaria y de clase hasta los 14 años, era él en persona, estaba detrás del mostrador. Notó, que el otro tras una primera mirada de desconfianza, lo reconoció y pareció que se alegraba de verle.

—Hombre, Pepe García, —Gumer inició el diálogo con sorpresa y ya con una sonrisa—. Me alegro de verte, cuanto tiempo, te has dejado el pelo largo, eh.

—Gumer, yo también me alegro de verte, ya veo que trabajas aquí, aunque verás…—le contestó Pepe como pudo, totalmente aturullado por la situación.

Mientras tanto, Gumersindo se había sentado en la silla detrás de la mesa, después de estrecharle la mano. Pepe seguía sorprendido al encontrar allí, ni más ni menos que a su compañero del colegio, Gumer metido a policía, nunca lo hubiera imaginado.

Así pues, con cierta confianza le explicó el motivo que le traía por allí. Necesitaba el certificado de buena conducta para pedir destino en la mili, lo había solicitado y no tenía contestación.

—Voy a ver cuál es el problema —le respondió diligente su amigo Gumer.

Le pidió sus datos personales, el carnet de identidad que Pepe le entregó y a continuación salió por la puerta que se abría al fondo de la pequeña habitación.

Volvió al rato, traía la cara desencajada, le notó una expresión horrenda, muy tensa y una mirada suspicaz. Le contestó, en tono enfadado, que no se lo habían dado porque constaban numerosos informes de que se reunía con comunistas, que además era amigo de una espía cubana. Pepe se quedó estupefacto.

Tras un primer sentimiento de pánico y de desconcierto, miró a Gumer, el gordito buenazo de la clase, no podía imaginárselo riñéndole. Aprovechó esta nueva sensación, para reaccionar y mostrándose muy airado y con indignación esforzada, se dirigió a él rebatiendo la acusación.

—Por favor Gumer, me conoces desde que éramos niños en el colegio, somos amigos, sabes que yo hablaba y hablo con todos los compañeros de clase ¿Te acuerdas del Pincho, que se metía contigo? Hablé con él para que te dejara tranquilo.

Siguió justificándose Pepe, diciéndole que ahora en el instituto pues hablaba con todos los profesores, no sabía si alguno de ellos sería comunista. Le insistió en su antigua amistad y continúo justificándose, lo único que él necesitaba era hacer la mili aquí en Sevilla, él no era ningún delincuente y se iba a fastidiar si por esas tonterías de hablar con los compañeros, no le daban el buena conducta.

—Bueno joder, —la otra acusación de estar con una espía cubana, con Silvia la rebatió más calmado, no tenía que mentir— yo no salgo con ninguna espía cubana, no entiendo, como se puede decir eso de mí, yo no conozco a ninguna espía, tengo una amiga médica que ha nacido en Cuba, pero su padre es de una buena familia de Jerez, de los Osborne, una buena amiga.

Apeló a su amistad infantil, le recordó que en más de una ocasión le había defendido de los abusones en el patio del recreo, Gumer había sido una buena víctima para ellos, por su exceso de peso, le llamaban el bolita, lo puteaban y le quitaban los buenísimos bocadillos que le hacía su madre.

Probablemente estos empáticos recuerdos, hicieron que en Gumer volvieran antiguos sentimientos de gratitud, y ante argumentos y sentimientos tan contundentes, cambió el gesto y la actitud

—Si quieres pregunto, si se puede arreglar —le dijo queriendo convencerse de su inocencia— ¿dónde estás trabajando?

—Sí, de profesor en el San Isidoro, pues claro que quiero arreglarlo —le contestó Pepe. —Podéis preguntar allí, me dedico a dar clase y punto.

Y Gumer desapareció tras aquella puerta del fondo que siempre se mantenía cerrada automáticamente por un pestillo.

Pasaron diez minutos interminables, de repente salió por la puerta un señor de unos cuarenta y pocos años, con el pelo corto y repeinado con gomina, rezumaba acritud y violencia en sus formas, sintió como su mirada se paseaba inquisitivamente por su persona, mientras se dirigía al mostrador a buscar unos papeles, se agachó recogió una carpeta azul ajada y volvió a salir por la puerta sin dejar de dirigirle otro par de miradas escrutadoras.

Tras la espera de otros interminables minutos apareció Gumer.

—Te lo he podido arreglar, aunque el jefe está hoy cabreado y no quería ¿No me estarás engañando? Tienes que hacer una instancia y una declaración jurada de adhesión al caudillo y al movimiento nacional —le dijo hablando más bajo que a su recibimiento.

—¿Y eso cuesta mucho? —le preguntó Pepe mientras a toda velocidad calculaba ¿qué hacer?

Por una parte, se sentía comprometido con Gumer después del esfuerzo que habría hecho para solucionarle un problema, a lo mejor lo había indispuesto con aquel mal encarado que había salido a verle. Por otra parte, tenía que firmar que él, un progre de tomo y lomo, era franquista. Vaya lío, empezó a resbalarle el sudor por las sienes.

—No, es fácil, solo rellenar un formulario de adhesión al generalísimo y al movimiento nacional, la instancia al comisario y la póliza de tres pesetas —le respondió Gumer.

Así que, sin pensarlo mucho, para salir del paso, se decidió a comulgar con piedras de molino, o sea con los principios fundamentales del régimen franquista.

—Pues claro, si es solo eso te lo relleno y te lo firmo ahora mismo —contestó, intentando transmitir que no le importaba nada hacerlo.

Gumer, recobró un mejor color de cara intensificando el sonrosado de sus dos generosos mofletes, pues seguía bien pasado de peso, debía de seguir disfrutando con la comida como lo hacía de los bocadillos de su mamá en el recreo. Cogió la misma carpeta azul que había traído de vuelta y extrajo de ella un documento mecanografiado, el de adhesión al movimiento nacional, en el que había que rellenar los datos personales, la fecha y la firma abajo.

Un escalofrío recorrió su espina dorsal, se secó el sudor de la frente, y sin pensar más miró a Gumer, cogió el papel, el bolígrafo que estaba tendido en el mostrador, rellenó los datos apresuradamente y firmó.

Hizo la firma un poco distinta a la habitual, pensando infantilmente que en caso de apuro con los de su bando podría negarlo, decir que no había sido él quien lo había firmado.

*Don José Antonio García del Portón Arévalo mayor de edad con DNI nº: 279882691 y domicilio en calle Pureza, nº 64, principal, de Sevilla, provincia de Sevilla.*

**Expone:** *que tiene solicitada la expedición del certificado de buena conducta* *y principios morales, para presentar en la oficina de reclutamiento militar, para prórrogas y asignación de destino, en el servicio militar.*

**Solicita**: *le sea concedida su certificación de buena conducta, al carecer de antecedentes penales y ser persona afecta al régimen. Como atestiguo acompañando a esta solicitud mi declaración jurada de adhesión al EXCMO jefe del estado Generalísimo Don Francisco Franco Bahamonde Caudillo de España y a los Principios fundamentales del Movimiento Nacional.*

*Es gracia que espero conceda vuestra Ilma.*

*En Sevilla a 26 de junio de 1975*

*Firmado y rubricado J.A. García*

*Ilmo. Sr. Comisario Jefe de la jefatura central de policía de Sevilla*

Una vez que firmó la instancia y la declaración, se las entregó a Gumer que revisó profesionalmente que todo estuviera correcto.

—Pepe, no te metas en líos, y menos con comunistas —se dirigió a su amigo se le notaba más relajado—. Aquí sabemos lo que quieren hacer con el país, acabar con la religión y las buenas costumbres cristianas, vender el país a Rusia, eso ni el ejército ni las buenas gentes lo van a permitir.

—Bueno Gumer, ten las tres pesetas de la póliza, gracias, no te preocupes por mí que yo sigo como siempre he estado con la buena gente, y los amigos, oye y muchísimas gracias por haber arreglado lo del certificado. A ver si nos vemos por el barrio, y tomamos unas cervezas, aunque como ves vivo ahora en el otro lado del rio —le dijo Pepe, deseando salir de allí.

—Yo ya voy poco por el Porvenir, con el niño pequeño y mi mujer y viviendo en Heliópolis dime tú. Tú sigues soltero por lo que he visto. —Intentaba Gumer continuar la conversación.

—Sí, sí, bueno Gumer, muchas gracias… adiós. —Se despidió Pepe con cierta brusquedad.

Salió pitando escaleras abajo, intentando aparentar tranquilidad que solo empezó a recuperar al traspasar la puerta hacia la calle. Su cabeza no paraba de darle vueltas, se había visto bajando detenido a los sórdidos calabozos de la Gavidia, que afortunadamente solo había vivido de oídas por otros que habían dormido allí.

Ahora su agobio era otro, se veía acusado de franquista mientras le mostraban el documento que acababa de firmar, su adhesión a los principios del movimiento nacional y al dictador Franco. Qué barbaridad, lo que es la vida, pensó que sin querer había firmado el final de su inexistente carrera política antifascista, acababa de destrozar su curriculum antifranquista.

Bueno, no hay mal que por bien no venga, pensó, renunciaré a la carrera política y me centraré en la filosofía, y dirigió su atención a la cerveza fresquita que le esperaba en la taberna el Maravilla, mientras le caían unas buenas gotas de sudor por su sien derecha.

Salió de la comisaria con el cuerpo cortado por el miedo y la tensión pasada, se acordó de los papeles secretos, tenía que quitárselos de encima cuanto antes, hablaría con Juan esta tarde para devolvérselos ya.

Pensó por un momento seguir con la idea de pasar por la librería Antonio Machado, buscaba el libro de filosofía prohibido, que estaba buscando. Lo descartó inmediatamente, después del susto que acababa de pasar, renunció a ir a comprar un libro de Lenin, mejor se ahorraba otro rato de inquietud, así es que cogió di-rectamente el camino a Triana, pensando en la cerveza fresquita de la taberna del Maravilla y la charla con los amigos.

Andando rápido, buscó la calle San Vicente y por ella llegó a la plaza del Museo. Se volvió un par de veces a mirar, por si le seguía alguien, igual no le habían creído, quizás la amabilidad de Gumersindo había sido una fachada para que se confiase y que los llevara hasta Juan y los comunistas, o hasta Silvia y los maoístas, vete tú a saber.

## 12. LA TABERNA EL MARAVILLA

El sol, caía de plano mientras caminaba de vuelta a Triana, algunas nubes amables de vez en cuando aliviaban su fuerza. Ya estaba alejado de la policía, respiró hondo y aflojó el paso por la calle Alfonso XII, camino de la estación de trenes de Córdoba.

Pasaba por la puerta de la Saeta, una pequeña taberna, el cuerpo se le echó pa dentro. Sin pensarlo. estaba pidiéndose un botellín de Cruzcampo fresquito, que le devolvió al mundo. El saludo del tabernero, la charla que comentaba el pronóstico del tiempo, el ascenso del calor que enlazó con el seguro ascenso del Sevilla fútbol club a primera división, le ayudó a salir de sus ensimismados pensamientos, que seguían atascados en la comisaria, y en volverse a mirar por si encontraba al del bigote detrás. Tomó rápido el botellín y se despidió reconfortado.

Dobló a la izquierda por la calle Marqués de Paradas y dejando a su derecha la estación de trenes de Córdoba, de estilo mudéjar, y más adelante a su izquierda el gran edificio del centro de especialidades médicas desembocó en la calle Reyes Católicos y con un giro a la derecha, en un momento estaba en el paseo de Colón, al pie del puente de Triana.

Cruzó el paseo por el semáforo más cercano, el tráfico era intenso. Su sombra se marcaba nítida en la acera de albero por la que accedía al puente, se apoyó en la barandilla de hierro notando el calor del sol del medio-día en las yemas de sus dedos. Siguió con paso ligero, por la acera izquierda, queriéndose quitar cuanto antes de la plena exposición a la intemperie sobre el río. En los días de temporal le sobrecogía atravesarlo por la oscura sensación de que podría ser arrancado de la seguridad del suelo por las fuerzas telúricas de la naturaleza.

Llegó al final del puente, frente a la capillita de la Virgen del Carmen que saluda la entrada en Triana y recuerda su tradición marinera. Bajó a la calle Betis, por las escaleras de la izquierda, con la vista puesta en la esquina que ocupaba la taberna, miró el reloj marcaba las 13.39.

Según se acercaba, reconoció de pie en la acera, bajo el cartel que anunciaba "taberna Maravilla", a Waldo un alemán alto, delgado, fuerte como un roble, de pelo castaño largo y enmarañado que se había convertido en un parroquiano más de la taberna del señor "Martín", que así se llamaba el propietario, hijo y nieto de taberneros, de lo que presumía.

La taberna convocaba a una clientela de todo tipo, de todas las edades y clases sociales, mayores y pandillas de jóvenes, trabajadores, jubilados, estudiantes, trianeros de toda la vida, transeúntes y recién llegados al barrio. Ocupaba la esquina de la plaza del altozano con la calle Betis, mirando al río, a su lado se estaban abriendo nuevos locales de horario nocturno, que convocaban hasta la madrugada, a una marabunta de jóvenes venidos de toda la ciudad, buscando la novedad, la moda y el refresco de las noches junto al río.

Pero la taberna, mantenía sus costumbres y su clientela de bar de barrio, no abría por las noches. Empezaba temprano para los desayunos y quedaba abierta hasta las tapas y cervezas del mediodía. Cerraba para la siesta y volvía a media tarde para atender las reuniones de tarde-noche, facilitando despedirse del día con charlas entre amigos y algo de comer, así podían llegar a casa y derechitos al catre.

Martín, el dueño, era un hombre de mediana edad, rechoncho sin llegar a la gordura, con grandes entradas por sus sienes, escasez de pelo que anunciaba a ojos vista que su calvicie le llevaría a una especie de tonsura natural, ya que también escaseaba en la coronilla. Le ayudaba en la barra Juani, su sobrino, un joven de 21 años, hijo de su hermana Antoñita, la cocinera de la taberna hasta hacía bien poco, que en días especiales volvía a meterse en los fogones.

Era este un negocio familiar, continuación del que empezó su abuelo Cipriano en el siglo XIX y continuó su padre el señor Rosendo en el mismo sitio. La oferta culinaria se había mantenido casi sin cambios, desde hacía casi 100 años. Innovación la justa, si marchan las cosas, para que cambiarlas. En la época de su padre era el vino de Jerez más que la cerveza, el aguardiente mañanero, el coñac y el mosto de Umbrete, todo ello seguía disponible en su barra. Para picar, junto a las afamadas aceitunas aliñadas de la cercana comarca del Aljarafe sevillano, altramuces, tapas de chacina, queso, jamón y pare usted de contar.

Antoñita, pasada la postguerra innovó la cocina con su ensaladilla rusa, que se llamó nacional en los duros años 40 de la posguerra, la tortilla de patatas, y sus pavías de bacalao que eran esperadas por más de uno, también los caracoles y las cabrillas en su época y con los frigoríficos llegaron para quedarse las exquisitas gambas blancas de Huelva.

Algunos días, en las horas de cierre, cuando solo quedaban en el bar algunos asiduos charlando sobre cualquier tema en un rincón de la barra, el señor Martín participaba de la tertulia y le gustaba contar historias de la taberna. Relataba una que había escuchado a su padre con la que disfrutaba mucho, la historia de un tal "Laureano", un antiguo cliente trianero, marinero y anarquista que paraba en la taberna, allá por los años veinte del siglo.

Al parecer, Laureano era apuesto y muy enamoradizo, tenía una guapísima novia trianera llamada Carmen. Resultó que, para conquistarla y vencer la desconfianza de ella por su fama de mujeriego, se hizo tatuar su nombre en su antebrazo derecho, CARMEN, bien a la vista de todos.

Pasado un tiempo, llegó de un embarque contento y preocupado a la vez, tenía un nuevo amor, una gaditana. Intentó aliviar el disgusto de Carmen, como pudo, apelando sobre todo a que el amor era libre y su corazón anarquista tenía que respetar esa libertad. Pero ahí no estuvo el problema, pues el tiempo atempera los sentimientos y admite nuevas situaciones, sino en que la nueva, Remedios la gaditana, le puso la condición para aceptarlo que se borrara aquel tatuaje.

Martín, imitaba la cara de preocupación y agobio de Laureano contando aquel problema, ya que no se cono-cía forma para borrar el tatuaje, era un asunto sin solución, salvo cortarse el brazo. El tal Laureano, entre vaso y vaso de vino maldecía su suerte, su manera tan sin cálculo de haber entregado aquella primera prenda de amor.

Pues un día, y Martín lo imitaba en sus andares afectados de grandilocuencia, como lo había visto hacer a su padre, se presentó orgulloso en la taberna con su Remedios del brazo, arremangado, y no era usual que a la taberna fueran las mujeres. El tatuaje seguía bien a la vista y a Remedios no le importaba ¿Laureano la había convencido de que no era para tanto? No, fue una ingeniosa solución que él mismo había puesto en práctica, ahora se podía leer "ES CARMEN TADO". Había encontrado la solución, con solo añadir tres sílabas, que hicieron sonreír a su Remedios gaditana y tiempo después lo llevaron a casarse por lo civil.

En esos cierres, sin agobio, Martín hacía confidencias, como el origen del nombre de la taberna. Todos pensaban que, "maravilla" era un nombre bonito para un bar, prometía la dicha. Pero, en realidad, explicaba Martín, poniendo mucho énfasis, el nombre era un acrónimo, el de su nombre: Martín Antúnez Villa, y repetía lo de acrónimo con mucha pompa.

La inauguró su abuelo en 1890 y tantos, con el nombre de taberna el esquinazo. Con la primera república cambió de nombre a taberna la fraternidad, con ese nombre la cogió su padre que tuvo que cambiarlo tras la victoria de los golpistas en 1936, le amenazaron los falangistas, él era un crío y su padre le contó que le puso el acrónimo de su nombre el Maravilla.

Ernesto, uno de la pandilla, una noche algo pasado de cerveza con su característica tozudez, le discutía a Martín que aquello no podía ser su acrónimo, porque el auténtico acrónimo de su nombre era Marantvil,

Martín se enfadó realmente con Ernesto, diciéndole que si volvía a llamar mentiroso a su padre, no volviera por allí y cortó la conversación de cuajo, bajó las persianas metálicas del cierre y a huir.

Tras saludar a Waldo, entró en el pequeño establecimiento por la puerta que daba al río, se encontró con la brillante y limpia barra de madera gastada. Tenía forma de ele al ser un bar de esquina, estaba a su entera disposición, aun había poca clientela. Martín ya le esperaba junto al grifo de cerveza, con una jarra de "medio litro" en la mano.

—Llénala —solo tuvo que decir Pepe—. Y Martín, por favor, me puedes guardar esta bolsa y después me la llevo. —mostrándole la bolsa de los almacenes con los pantalones.

—Claro Pepe —le dijo el camarero cogiéndosela—. Aquí atrás de la barra la dejo, junto a los barriles.

Pepe, a continuación, con su cerveza en la mano salió a la puerta a saludar a Waldo.

—¿Qué tal Waldo? —se dirigió a él, subiendo su mirada hacia sus uno noventa de altura.

—Muy bien, estugpendamente, perrro mucho calor —le contestó en un perfecto español con un terrible acento—. Estoy esperado a Yoni, que me iba a dejar discos de flamenco y una casete de unos que dice muy bueno, Camarrrón y Paco o Lucí, creo que dijo se llamaba el otro.

Siguieron conversando con sus medios litros de cerveza, en la acera de la sombra.

El micromundo de la taberna, era un reflejo del país. Los clientes mayores, los jubilados, no se hacían notar, paraban dentro apoyados en la barra, en cambio los grupos de jóvenes invadían las aceras con su vitalidad y hacían corrillos llenos de movimiento, charlas y risas que no pasaban desapercibidos.

En la sociedad convivían los extremos, desde el inmovilismo a la revolución, y la mayoría silenciosa del apoliticismo fomentado por el régimen, en su última etapa. Esta dinámica social se reflejaba en el Maravilla. Los grupos de jóvenes, con sus atuendos y costumbres introducían la novedad y las modas, a través de los que marcaban las diferencias entre los grupos y exponían el espíritu y la filosofía que identificaba a cada grupo.

Por una parte, estaban los progres, con conciencia política en contra de la dictadura y contra los tradicionales usos sociales, querían cambiar las reglas. Ellos con trenkas, el pelo largo sin pasarse, barbas más de uno, botas de piel vuelta, vaqueros, pantalones de campana. Ellas, también con vaqueros, jersey de cuello alto, vestidos largos no demasiado ceñidos y el pelo largo y suelto, sin ir a la peluquería. Ellas huían de la luminosidad, estaban en contra del sacrificio de la mujer a la belleza, de la mujer objeto, o al menos eso decían algunas. Los colores oscuros, grises, verdes, sin estridencias eran la base en las prendas. Había prendas prohibidas, para ellos la corbata, para ellas el maquillaje o los pendientes de perlita.

Por otro lado, estaban los pijos, defensores de la tradición, del orden y del estatus quo, el conformismo los caracterizaba, en su versión politizada eran los fachas. Ellos con el pelo corto, algunos engominado, impecables en su vestir, pantalones con ralla, o vaquero planchado, igual que las camisas, jerséis de colores simples y clásicos, sobre los hombros con las manos atadas sobre el pecho si hacía calor, calcetines de rombos y zapatos mocasín o náuticos. Ellas huían de los escotes y las minifaldas, blusas vaporosas, trajes de chaqueta, falda por encima de la rodilla, pañuelos estampados de seda. Clásicas sevillanas que las había guapas a rabiar, se arreglaban más para su madre y sus amigas, que, para enloquecer al novio, con gusto, pero sin estridencias. En semana santa ellos se ponían chaqueta azul, e incluso iban con traje y corbata a la feria y ellas vestidas de gitanas. Las gafas de sol, y unos buenos relojes, no se echaban en falta en sus reuniones.

Convivían en el bar sin mezclarse, aunque los menos fanáticos de cada grupo servían de enlaces y de interfase general.

También estaban los tendencias hippies, se llevaban bien con los progres con los que se mezclaban. Ellos y ellas llevaban largas melenas, mucho pantalón vaquero deshilachado, camisas, camisetas y estampados más luminosos, alegres, de colores intensos, ponchos, cintas de pelo de colores. Ellas con faldas largas, flores en el pelo, bolsos de tela, que también podía llevar ellos, artesanía de cuero en las muñecas. Liberales en sus ideas, que todos somos iguales, pero no les gustaba la política, son algo anarquistas. Querían disfrutar de la vida, la naturaleza era el ideal, y en el disfrute entraba el fumar porros o el aceptarlo, una seña de identidad. Su lema hacer el amor y no la guerra, aunque muchas veces no pasaba de ser un eslogan, pesaba muchísimo la educación tradicional que todos y todas habían recibido.

Estaban Pepe y Waldo en animada charla, cuando vieron acercarse hacia el bar a una guapísima adolescente, que venía a unirse a su grupo de amigas, algunas con uniforme del colegio de monjas, que se había reunido hacía un momento junto a ellos.

A Serena, que así se llamaba, le había caído un buen montón de la belleza que hay repartida por el mundo y la llevaba sin ostentación. Apuntaba a un estilo propio de mujer, moderno sin refugiarse en ninguna tendencia, melena rizada negra cayéndole en lánguidos bucles sobre sus hombros, su esbelta figura, envuelta en un minipull azul, era de la liga de las de sin sujetador, ya que podía, insinuaba su pecho en el movimiento y el roce de la prenda, sostenida en un culo respingón y andares decididos, bajo una minifalda, que sin querer queriendo, atraía todas las miradas.

—Hola Waldo —le saludó Serena, al pasar a su lado y miró a Pepe de refilón al cruzarse, lo que aprovechó este para saludarla con un simpático guiño de ojo que le hizo a ella sonreírse.

—Buenos días Serrena —le respondió Waldo.

—Mira que es guapa y está bien hecha la chiquilla —le dijo Pepe a Waldo, cuando pasó—. Confío que el futuro de España sea como el que promete ella, más allá de los clichés de lo progre, lo hipie o lo pijo, que hagamos un país tan atractivo como Serena, con un estilo propio que seduzca, y podamos apreciar y disfrutar de las cosas bonitas y bien hechas.

—Ante la belleza se había puesto a filosofar Pepe, que le vamos a hacer.

—Muy bonita, la española —le respondió Waldo— además, le interresa la música de los grupos alemanes, conoce a Triumvirat y a Spartacus.

Siguieron hablando, Waldo le explicaba el sistema universitario en Alemania, gracias a una beca de la universidad de Heidelberg estaba haciendo su tesis doctoral sobre Antropología y cultura popular andaluza en Sevilla.

Poco a poco, la taberna se fue llenando de sus parroquianos habituales, que ocuparon toda la sombra de la acera, la aglomeración obligaba a los transeúntes, a esquivar los corrillos que vaso en mano daban muestra de la vida del barrio. Fueron apareciendo caras conocidas, su amigo Manolo con una cerveza en la mano, le saludó mientras buscaba un sitio a la sombra en la acera a la que se unieron Ramón y Luisa.

Pepe se despidió de Waldo, se dirigió hacia ellos. Estaba llegando, cuando notó una pequeña vibración que comenzó alrededor de su ombligo y fue subiéndole rápidamente, nadie la notó, llegó a sus hombros y despertó su cuello, al que hizo removerse como ajustándose a su cabeza y por fin se expandió a través de sus fosas nasales: ¡achisssssss! un estornudo, ¡achisssssss! un segundo estornudo se le vino encima y quedó satisfecho, mientras se apretaba la nariz con sus dedos.

La comodidad relajó su cuerpo, ahora se sentía seguro en un lugar conocido rodeado de amigos, el susto de la comisaría había pasado, con la segunda cerveza pudo apartarlo.

—Hola a todos, ¿qué hay? —saludó Pepe, al franquear la frontera del grupo.

Fueron respondiéndole, el primero Manolo que ya desde unos pasos antes de llegar le miraba sonriente. Pepe se colocó enfrente de él, entre Ramón y Luisa que le dejaron sitio, Luisa le saludó con un hola bajito y le acercó la cara para un beso.

Se escucharon voces de Miguel, que desde un grupo cercano saludaba a Pepe, Ana llegaba al círculo con una caña de cerveza en la mano para colocarse junto a Manolo, una vistosa escarapela de colores psicodélicos realzaba su figura rellenita y sensual vestida con una larga falda blanca ibicenca.

—Jesús, vaya estornudo que has dado —le dijo Ana con una sonrisa que buscaba la complicidad con Pepe.

—Es que tengo el cuerpo medio cortado —contestó Pepe en voz alta para que le escucharan todos-, ya os contaré el canguelo que he pasado en la comisaria, —y no siguió contando pues se impuso la voz de Miguel.

—Tío, ¿qué pasa titi? —le dijo Miguel que se había acercado y palmeaba la espalda de Pepe—. Escondido estás, peazo de maricón, ya no te gusta saludar a los amigos.

Pepe puso cara de no saber qué decir, ante ese saludo tan cariñosamente agresivo, pensando para sí, vaya confianzas que se toma el tipo este desde el día que nos emborrachamos juntos y la cogimos llorona. No sabía a cuento de que, venía la parte agresiva de ese saludo ¿Habría sido por el suspenso de su hermano, alumno suyo este año y que no se había presentado a la convocatoria de junio?

—Miguelín, te veo tan cabrón como siempre —le contestó Pepe reaccionando especularmente— ¿Cómo van las ventas de coches? ¿Ya te has comprao el Mercedes?

—A punto estoy, je je —le contestó Miguel—. Por ahora lo que he conseguido es la eme de mi Marisa, jeje, y mira tío la eme del Miguelito, ahí está junto a la madre en el carrito.

—Tío enhorabuena— le dijo ya más tranquilo Pepe, mirando a su hijo.

—Verás Pepe —le dijo Miguel en tono de confidencia, haciendo un pequeño aparte en el grupo—. Con esto del crio pequeño, lo del Mercedes tendrá que esperar vamos tirando, no veas cuantos gastos.

—Anda ya macho, siempre quejándote —le replicó Pepe— disfruta de lo que tenéis, viviendo juntos y un niño tan lindo. Yo tengo ahora dos caballos, pero de los que beben gasolina, ja ja, y me conformo, mejor que nada.

Se acercó con Miguel, al corrillo de este para saludar a Marisa y ver al crío pequeño, que con poco más de un año, sentado en su carrito con un trozo de pan observaba el mundo bastante satisfecho. De vuelta, a su grupo anunció.

—Voy a pedir, ¿alguien quiere que le traiga algo? —y dejó caer Pepe según se iba como sin darle importancia—. A ver si se me pasa el susto de la comisaría. —Con lo que se ganó la atención dejándoles con la intriga—. Por poco me detiene la social, ahora os cuento. —Terminó diciendo, mientras desaparecía por la puerta del bar, ajustándose los pantalones vaqueros y tomando nota que tenía que traer dos tanques de cerveza.

# 12+1 LA PANDILLA QUE BEBE UNIDA...

Atravesó la vieja puerta de madera, su mitad superior poblada por tres columnas de cinco ventanitas de vidrio opaco de colores, un arco iris con quince guiños de color, desde el azul magenta, azul marino, verdes-amarillentos, ocres con matices del rosa pálido al rojo. Quince perfectos cuadrados de cristal, enmarcados por tiras de madera oscurecida por el tiempo, sus abscisas y ordenadas.

Alguna noche de borrachera le habían secuestrado sus pensamientos, reflexionando acerca de si los cuadrados de cristal estaban a la vez en dos posiciones de pie y tumbados, asuntos filosóficos en donde se manifestaba su deformación profesional.

La barra del Maravilla se había llenado de ruidos y de voces, en distintos niveles, sobresalía la de Juani el camarero, orgulloso de su capacidad para atender él solo la barra del bar llena, dejando contentos a todos. Con una breve mirada a Pepe se dio por enterado, tomó una jarra grande, la puso bajo el grifo de cerveza y al momento estaba llena y sobrevolando las cabezas llegaba a Pepe.

—Gracias Don Juan —aprovechó Pepe para saludarlo. La primera cerveza se la sirvió Martín, el dueño—. Usted sí que es un peazo de camarero, a ver si me pones otros dos tanques bien fresquitos, como tú sabes con cariño. Ah Juani y una tapa de pavía.

—Un pavía de bacalao —voceó el camarero al instante dirigiéndose a la cocina.

—Marchando una de pavía —respondieron como un eco, mezclado con sugerentes olores por la pequeña ventana que se abría detrás de la barra.

Se volvió Pepe y encontró a Manolo que se había acercado para ayudarle a llevar las cervezas.

—¿Cómo estas quillo? —aprovechó Manolo el momento de estar solos para preguntarle—. Me han dicho que ayer otra vez con la cubana en tu casa ¿eh?

Pepe le entregó los dos tanques de cerveza y cogió después su jarra, a la que dio un pequeño buche antes de contestarle.

—Coño con el espionaje, y se llama Silvia, ya ves, pues sí, el maoísmo caribeño en este caso tiene un cuerpo teórico-práctico que me vuelve loco.

—Y tú, ¿qué? estás con Ana, me dijo Ernesto y le dije que no me lo podía creer —le replicó Pepe.

—Pues sí, tío, dos semanas sin vernos y ya ves, con magníficas novedades y entrenándome para la comuna hippie de Ibiza, haciendo el amor y no la guerra, como debe ser —le dijo Manolo en tono de broma—. Ana está estupenda, y nos lo estamos pasando muy bien, que es lo que importa. Te acuerdas que cuando tú estabas con Virginia, eran amigas y salimos algunos días con ellas dos. Pues me encontré con ella hace poco de casualidad, al mediodía en la bodeguita San José y ese día nos liamos hablando, bebiendo y estuvimos hasta por la noche, quedamos para el día siguiente y así seguimos. Está terminando bellas artes, vive con unas amigas en el Aljarafe, ahora cree en el amor libre, y como tú sabes me gusta mucho la libertad.

—No me jodas, si ella era pija y de ir a misa, de la pandilla de Virginia del colegio de monjas —le contestó Pepe con cara sorprendida.

—Lo era, pero ha evolucionado para bien, se puede cambiar Pepín —le respondió Manolo a su incredulidad—. Sigue siendo mística, pero ha cambiado de religión, se ha desengañado de las monjas y está abriéndose a nuevas experiencias, la filosofía hippie la ha convencido, lo de hacer el amor y no la guerra y le gusta fumar canutos casi tanto como a mí, así es que estamos entendiéndonos.

—Pues que bien, me alegro por ti —y cambiando el tono siguió diciéndole—. Vaya tela tío, vengo de pasar un rato fatal, en la comisaría de la Gavidia.

—¿Qué te pasó? —le preguntó Manolo interesado.

—Que casi salgo detenido, no me daban el buena conducta, aunque al final, bueno a lo mejor me lo arregla, bueno tú lo conoces, ¿te acuerdas del Gumer, del colegio? —le preguntó Pepe.

—De ¿quién?, del bolita —le preguntó Manolo pidiéndole confirmación.

—Sí del mismo —le contestó Pepe—. Vaya mal rato, tuve que ir a solicitar un certificado a la social. No me daban el buena conducta para la mili ¿Quién se iba a imaginar a "el bolita" metido a policía? Al final, menos mal, me devolvió los favores del recreo cuando le defendí contra el malvado de Jesús el malva y el pincho ¿te acuerdas? Que le quitaban sus bocadillos.

—Claro que me acuerdo —le dijo Manolo—. Bien, bien, te ha sido recompensada tu bondad, tu Karma se ha hecho presente. Y, por cierto, ah, sí, y la tal Silvia me dijiste que trabaja de médico en el seguro ¿no?

—Residente de ginecología —le precisó Pepe—. Pero ya me conoces desde el palo que me dio la ex, no aguanto más de tres días seguidos con ninguna, no me fío del amor, necesito respirar de solatera y sin compromiso. Vaya que me tiene agobiado tanta juntiña, nos conocimos en la feria y … me tiene flipando la titi. Pero y tú con Ana cuéntame ¿cómo ha sido que estéis saliendo, vas en serio?

Se había hecho un hueco en la barra donde llegó la pavía de bacalao y descansó la jarra de cerveza. Miró Pepe el recipiente casi vacío de Manolo.

—Juani pon otra jarra para el colega, que la calor le ataca —le pidió Pepe.

Mientras Manolo marchó a acercar los dos tanques de cerveza que tenía en la mano hacia el grupo que conversaba animado en la acera, Pepe se volcó decididamente en la tapa de pavía aprovechando el hueco en la barra, la incorporó a su biología en un tris tras, enfriada con cortes y cerveza.

Volvió Manolo, a por su jarra de cerveza recién servida y salieron juntos a incorporarse a la reunión que, al verlos llega, se sintió reconfortada, abriendo el corro para recibirlos. Aplazaron su conversación para incluirse en el grupo.

El círculo se estrechó para dejar pasar un carro de reparto de pan, empujado por el sudoroso panadero. Pepe se encontró al lado de Ramón, alto moreno, peinado para atrás con una elegancia deshilachada que atraía a muchas mujeres, y era la envidia de más de uno.

—Hace tiempo que no nos vemos —le dijo Ramón echándose mano al bolsillo.

—Sí por lo menos desde la feria, que no coincidimos, Ramón —le contestó Pepe—. Este final de curso ha sido muy agobiado de trabajo, ya no me examino yo, sino que tengo que examinar, poner los exámenes finales, las notas, los claustros, he salido muy poco.

—Bueno, que bien lo pasamos en fin de año en casa de Ernesto —aclaró Ramón—. Empezamos el año bien, ¿verdad?

—Sí joder, vaya vacilón que cogiste, bueno cogimos todos y aquellos canutos de madrugada nos dejaron derrotados —Comentó Pepe.

Mientras tanto Ramón, aficionado al cannabis, había sacado del bolsillo un celofán de tabaco arrugado que en su interior contenía una diminuta piedra de hachís.

—Voy a liar un canuto, ¿vale? —advirtió Ramón a Pepe, que no le dijo nada.

—¿Quién tiene tabaco rubio? —preguntó Ramón en voz alta.

Ana, dándose por aludida abrió el bolso con desgana, removió un par de veces las cosas de dentro buscando algo.

—Ahí va eso, un cigarro rubio —le dijo Ana sacándolo de un paquete de fortuna.

Luisa, que se encontraba al lado de Ramón hablando con Manolo, se dirigió a Pepe.

—Oye Pepe, ¿qué dijiste antes de la comisaría? —le preguntó Luisa.

—Tíos por poco no salgo de allí —Pepe miró a Luisa y empezó a contarlo en voz alta dirigiéndose al grupo—. Vaya miedo que he pasado, fui a reclamar mi certificado de buena conducta, que necesito para la prórroga de la mili, y por poco me detienen, diciéndome que si soy comunista, hasta me acusaron de espiar para cuba, ya veréis cuando se lo comente a Silvia, joder conocían nuestra relación los muy cabrones. —Exageró un poco, pero al acordarse de la cara hinchada y golpeada de Vicente con el que se había cruzado en la comisaria, se le metió una incomodidad a su cuerpo que transmitió a los otros—. Un rato fatal, casi me dejan detenido, además me crucé con Vicente el patillas, de medicina, no sé si lo conocéis, esposado y con la cara destrozada, no me miró al cruzarnos parecía un ecce homo. —Se dio cuenta que no quería contar demasiado, no tuviera que explicar lo de su reciente adhesión al movimiento nacional y al caudillo Franco. —Menos mal, hay que tener amigos en todos lados, me encontré al Gumer compañero del colegio de primaria, que ahora es policía fue el que me solucionó el asunto y por él pude salir, su jefe por poco me fulmina con una mirada.

—Son unos hijos de puta los fascistas, hay que acabar con la dictadura ya —saltó Manolo—. Eso es que te han seguido y tenían informes sobre ti.

Gertrudis, que acababa de incorporarse al grupo intervino y devolvió el registro de la conversación a la curiosidad por lo sucedido, preguntándole a Pepe si sabía porque habían detenido a Vicente, ella era enfermera y lo conocía de la facultad.

—No tengo ni idea, pero me crucé con uno de la social que iba con él y me amenazó —respondió Pepe—. Me ha dejado el cuerpo cortado, hay que acabar con la dictadura, con esos abusones que pisotean a la gente, segur que tomba, tomba, tomba —dijo parafraseando la letra de la canción de Lluís Llach que se había hecho un himno juvenil contra el régimen—. Mira Gertrudis, a este régimen fascista, la cosa va de tumbarlo, el que la sigue la consigue y al final verás como cae si lo empujamos todos.

—A mí ya me tiene cansada —respondió Gertrudis, apurando su cerveza—, trabajar es lo que quiero y poder casarme con mi novio, pobre Vicente, aunque ese es de los que en las asambleas habla mucho.

Mientras tanto Ramón, que se había apartado un poco, se había escondido tras la espalda de Pepe para liar el canuto, volvió a reclamar.

—Necesito un filtro. —Pidió Ramón al grupo.

—Necesito un filtro. —Pidió Ramón al grupo— Yo te lo hago —le contestó Pepe y se sacó del bolsillo una caja de cerillas para recortarla y hacer el filtro de cartón, que entregó a Ramón y este terminó el canuto.

—Enciéndelo —le dijo Ramón a Pepe pasándole el porro ya liado.

Se lo llevó a los labios y Ana en ese momento se aprestó a darle fuego.

—Por cierto, estoy esperando a Silvia que vendrá ahora —comentó al grupo—. A ver qué cuenta de la asamblea del Morato, están los MIR en huelga, han despedido a los médicos residentes, y están organizando una manifestación y una jornada de lucha antifascista en respuesta a la represión del régimen.

—Estuve hablando con uno de tu instituto del San Isidoro —le dijo Ernesto que se había acercado de nuevo al grupo, a Pepe—. Santiago es de físicas, me dijo que te conocía.

—Sí lo conozco, te dijo ¿lo del director y la amenaza de expedientes y despidos para el curso que viene? —le contestó Pepe.

—No hablamos de eso, me pareció un poco facha, era amigo de Ana, lo conocí tomando un vino en el postura el otro día, me dijo que estaba muy cabreado no había disciplina, que los estudiantes no echaban cuenta. —Continúo diciéndole Ernesto.

—Bueno tiene razón en parte, los chavales pasan un kilo, pero es que los de las ciencias pesadas, allí son un poco reaccionarios y tristes, y su catedrático es un facha de mucho cuidado. Mi seminario de humanas en cambio es más divertido, por lo menos me harto de reír con los compañeros que me han tocado en el departamento —le contestó Pepe.

Aspiró Pepe el humo con fuerza en las dos primeras caladas, para que se encendiera bien el canuto y miró la lumbre rojiza que despedía la brasa del cigarro, esperó un poco a expulsar el aire y dio otro par de caladas antes de pasárselo a Ramón.

—Y tú, ¿qué, cuando os casáis? —le preguntó Pepe a Ramón— que me han dicho…

—¿Quién te lo ha dicho? —Preguntó al instante Luisa que se volvió hacia ellos entrando en la conversación—. Ramón dice que esperemos un poco y lo que yo le digo que esperar para que, si lo tenemos todo... —decía Luisa apasionada con el tema.

—Mira luisa —le contestó Ramón con tono molesto—. No empecemos aquí, ves tú Pepe, ya diste en el clavo y con el martillito que tiene Luisa.

—Pues no es verdad Ramón, ya tenemos el piso, estamos trabajando, pues qué mejor que irnos a vivir juntos —continúo Luisa con vehemencia.

—No quiero yo meter el dedo en ninguna llaga —sonriendo le interrumpió Pepe-. Pero invitarme a la boda cuando sea, que sois la pareja real de la pandilla —les dijo Pepe queriendo suavizar la discusión y cerrarla.

Miguel se había acercado al olor del porro y charlaba animadamente con Ramón que le pasó el canuto. Ramón era sevillista y Miguel bético, mientras este último daba una calada al porro, sacó el tema de la rivalidad futbolística, que trascendía de colores políticos y de grupos sociales.

—Oye palangana, ¿este año que viene vamos a tener derbi otra vez? subir a primera por favor —dijo Miguel animadamente, dirigiéndose a Ramón.

—Pues no te preocupes, la temporada que viene en primera y con cuatro puntos seguros los que nos jugaremos con ustedes los del balompié —le contestó Ramón.

Este fin de temporada futbolera, tenía contentos a todos los aficionados de la ciudad, béticos y sevillistas. Miguel era un apasionado del viva el Betis manque pierda y proclamaba la excelencia bética que los tenía clasificados en la mitad de la tabla de la primera división, se declaraba un enamorado del flaco Cardeñosa reciente fichaje que prometía hacerles disfrutar con su zurda de seda. La temporada anterior el Betis y el Sevilla FC habían estado en segunda división, pero los béticos ganaron el campeonato y subieron a primera, el Sevilla se quedó en segunda y esta temporada estaba a punto de ascender y así acompañaría al Betis en primera división.

—Ramoncín ¿Qué equipo ha ganado las tres ligas de España? —le decía Miguel en su apasionamiento: y se contestaba él mismo—. Él único el Betis, ni el Madrid ni el Barcelona ni el atlético de Bilbao, ni por supuesto el Sevilla, nosotros hemos ganado la primera división, la segunda y la tercera.

—Pues a nosotros, no nos importa no ser campeones de tercera división —le contestó Ramón riéndose—. Ni queremos vernos en esa nunca. El negrito que tenemos os va a meter unos cuantos el año que viene, que viene, que Biri, que Biri. (Los sevillistas con el ascenso en ciernes no paraban de hablar de su nuevo jugador africano Biri Biri).

—Hasta luego verderón —le dijo Ramón a Miguel que se alejaba hacia su grupo una vez terminado el porro.

Eran las 14.12 h cuando llegó Silvia, su figura atravesó la puerta del Bar buscando a Pepe con la mirada, resaltó en el claroscuro su cabellera morena, de la que un reflejo azabache llegó hasta la pupila de él, deslumbrándole. Saliéndose del grupo se dirigió a su encuentro, buscando instintivamente su cercanía para consolarse del mal trago que había pasado con la policía, del que volvió a acordarse.

—Hola Silvia —la saludó Pepe, la besó en los labios levemente y la ametralló a preguntas—. ¿Qué tal la asamblea? ¿Sigue la huelga? ¿Te han despedido?

—Tranqui, tranqui, ¿Qué pinga es la que te singa, mandinga? Por ahora sigo en huelga y trabajando —le contestó Silvia brevemente y en cubano.

—Pues yo, vaya susto que he pasado en la comisaria, por poco no salgo de allí —le dijo atropelladamente, mientras la cogió del talle y se dirigieron al interior del bar a pedir una cerveza—. Además, me crucé con Vicente el del partido comunista de medicina, estaba detenido y le habían pegado, tela marinera.

—¿Cómo? —preguntó ella preocupada, y tras servirle una cerveza salieron los dos hacia la acera, a saludar al grupo.

En el breve trayecto Pepe telegráficamente le explicó a Silvia el miedo que pasó cuando le denegaron el certificado de buena conducta y le acusaron de comunista y de que ella era una espía cubana, la suerte de haber encontrado a un amigo del colegio que le arregló el asunto. Claro está, omitió la declaración jurada de adhesión a los principios fundamentales del movimiento nacional y al jefe del Estado que había firmado, eso ya se lo contaría en otro momento, le hacía sentirse realmente avergonzado.

Se incorporaron al corrillo de amigos que se había dividido en dos acercándose cada vez más a la selección por sexos. Saludaron a Silvia que se situó al lado de Pepe, agarrándolo por el brazo. Ramón le preguntó a Silvia.

—Silvia ¿qué tal por el hospital? Dice Pepe que estáis en huelga y hay despidos.

—Sí, los médicos residentes, en huelga por las libertades democráticas y contra la represión, y mucho quilombo hoy en la asamblea. —Silvia les relató apasionadamente lo ocurrido en el hospital—. Están despidiendo y hay compañeros que se echan para atrás, los socialistas que son solo tres o cuatro en el hospital metiendo la cuchareta, casi se llevan la asamblea, a punto de echarla abajo, con algunos independientes decían que había que reincorporarse y negociar con el ministerio, son unos pactistas aburguesados, menos mal que los de la ORT (organización revolucionaria de trabajadores) estuvieron con nosotros la joven guardia roja, porque los troskos, los de la Liga Comunista cuestionaban la legitimidad de la asamblea y llamaban a la autogestión y la acción directa, con lo que unos terminaron votando a favor y otros en contra de seguir con la huelga. Lo decisivo, menos mal, fueron los revisionistas del Partido Comunista, se echaron palante y siguen con la huelga a nivel nacional, ganamos la votación por poco, aunque los despidos han hecho que algunos vayan a incorporarse sin decir nada, traidores. Había mucha policía alrededor del hospital y por eso no saltamos a la calle, pero mañana jornada de lucha, hay que apoyar la lucha de los trabajadores y los estudiantes, de las fuerzas revolucionarias y de progreso.

Pepe, aprovechando que tras el discurso de Silvia se formaron varias conversaciones sobre la actitud de unos u otros grupos políticos, se dirigió a ella en un aparte.

—Joder, no veas que tranquilo cuando te he visto llegar, lo que he leído en el periódico, lo de los despidos, las detenciones de obreros y estudiantes, y cuando he visto a Vicente con la cara llena de golpes, se me ha cortao el cuerpo, además me dijeron los de la pasma que eres una espía cubana, ten mucho cuidado cariño. —Le comentó Pepe, que se acordó de su cita con Juan el negro que también era del PC y le volvió el agobió un poco.

—Cachai que no pasa na —siguió Silvia hablando—, en el hospital no se ha comentado nada de detenciones aquí en Sevilla, y lo de espía ya te conté mi detención en febrero y aquí estoy —y cambiando el tono de voz con más dulzura—. Oye chico, me tengo que ir ahora, tenemos que preparar la propaganda para la jornada de lucha de mañana, he quedado ahora con un camarada, y después esta tarde tengo tarea en el hospital, nos vemos, ¿vale? Dame un telefonazo después, creo qué llegare a mi piso a las ocho. Por cierto, necesito las fotocopias que me hiciste del libro de Castilla del Pino y del informe sobre la situación de la mujer en el campo, ¿vale?

—Vale, te acompaño, subimos a mi casa y te las doy.

—No hace falta que vengas —le dijo Silvia— aun no has terminado la cerveza, déjalo, quédate con la manga. Si te parece me acerco yo  y las recojo en un momento. Dime donde las tienes.

—Vale, si quieres pásate tú, coge la llave que hay en la maceta, donde te dije, entra y las recoges, están en el salón, en la mesa, después hablamos. — dijo Pepe, que se quedó apurando la cerveza y despidiéndose de la reunión. —No te olvides de dejar la llave otra vez en su escondite.

Pepe se quedó prendado de aquella mirada tenaz y misteriosa, se despidieron con un beso y un hasta luego. Después Silvia se dirigió al grupo diciendo adiós, con la mano en alto mientras se alejaba, silenciosamente, sin dar ruido hacia la calle pureza. En el altozano acababa de ver a su camarada que se quedó esperándola.

Pepe, volvió a su casa poco después, pues la reunión se fue disolviendo rápidamente, había llegado la hora del almuerzo. Se acercó a la barra, le pidió a Martín la bolsa del corte inglés con los pantalones que le había guardado, y en un breve paseo, con el sentir dulzón que deja la cerveza, entretenido con sus pensamientos que observaban el mundo y a sí mismo, actitud favorecida y aumentada al haberse fumado un canuto, se sintió un verdadero filósofo peripatético en el trayecto.

# 14. UN ALMUERZO, SIN HAMBRE Y CON APETITO

Pepe García llegó a su casa desde la cercana taberna el Maravilla, caminando ensimismado, recreándose en la promesa de una siesta en la playa de Bolonia con Silvia, ahora que no la tenía, acababa de irse a sus tareas políticas.

Atravesó el zaguán, decididamente, enfrentó la subida de la escalera con energía, le costó trabajo, el punto conseguido con la cerveza y el canuto le hacían desplazarse con lentitud. No obstante, ayudándose con la mano izquierda en la barandilla, llegó al rellano de su puerta en un plis plas.

Se detuvo, rebuscó en el apretado bolsillo de los pantalones vaqueros, dejó a un lado el mechero, y estirando  un poco la pierna derecha remetiendo la mano, al fin y al cabo del bolsillo encontró el llavero con el manojo de llaves amarradas. Era de chapa metálica dorada, con forma de estrella de cinco puntas, tenía escrito amnistía y libertad en rojo.

Buscó la llave de la puerta, pasándolas a modo de cuentas de rosario: la llave del portal, la del candado de las taquillas del instituto, la de la puerta de la sala de profesores, la de casa de sus padres, hasta que llegó a la de la puerta del piso. La sostuvo, se aseguró que era y la introdujo en la cerradura tras probar una segunda vez. Una vez dentro, ajustó la profundidad entresacándola un poco, hasta dar con la muesca exacta y se abrió la puerta con un ligero chirrido en sus goznes, empujada desde el pomo dorado que sobresalía, justo en medio. Antes de entrar, se acordó que Silvia había subido al piso, hacía un momento, con la llave de la maceta y remetió la mano asegurándose que, esa llave de socorro, seguía allí.

Las cervezas y la tapa de pavía, habían hecho que se le pasara el hambre, a cambio se le había abierto el apetito, las ganas de comer.

Entró decidido en el espacio festivo y condimentado de la cocina, tras la puerta se abría a su izquierda en el breve pasillo. El frigorífico, yacía al fondo arrinconado en la esquina, solitario, junto a la ventana abierta que daba a un pequeño patio interior, que iluminaba la estancia.

Los platos blancos de loza, se veían ordenados en el escurridor, sobre la encimera verde que hacía contrapunto con el blanco de los muebles de cocina de formica, sostenidos en pequeñas patas de metal cromado, sobre el suelo de pequeños cuadrados negros y blancos. La pared de la izquierda, con muebles colgados, una balda blanca en la pared de la derecha. Sobre el verde desgastado de la encimera, un hermoso frutero blanco de cerámica, con varias manzanas y plátanos amontonados junto a la hornilla, introducía un golpe de naturaleza en el esquemático decorado.

Abrió la nevera Westinghouse de cachas redondeadas. Con una mirada, repasó de arriba abajo el contenido de los estantes: algunos yogures naturales azucarados, una fuente de zanahorias aliñadas en las que detuvo su mirada, un trozo de queso, y en la bandeja de abajo varios botellines de cerveza. En los estantes de la puerta, huevos, un taco de mantequilla y una botella de leche abierta junto a otra con agua fría que cogió para beber, momento en el que la nevera cesó su ronroneo, con el que marcaba su presencia a ratos.

Llegó al cajón de abajo, el de la fruta y las verduras y lo abrió. Unas voluptuosas berenjenas de formas redondeadas, sin llegar a estar obesas, mostraban la belleza de las curvas y de su característico color morado, coronadas por su penacho de hojas verdes. Las preciosas berenjenas, se encontraban junto a varias manzanas espléndidamente coloradas, acojonadas ante la cercanía de un rojo tomate, en el que se apreciaba en su piel el paso ineludible del tiempo y algún tipo de hongo, que amenazaba a unas anaranjadas zanahorias con las que compartían el espacio.

De la nevera. sacó el aliño de zanahorias, Lucía su asistenta doméstica se las había dejado preparadas, huevos y las berenjenas; tiró a la basura con un cierto asco el tomate solitario y cerró la puerta del frigorífico.

En un momento, estaba cortando en rodajas las berenjenas que descubrían su interior de blanca y jugosa pulpa manchada por pequeñas pepitas intensamente moradas. Encendió la freidora, mientras se calentaba el aceite, rebozó las rodajas de berenjena con huevo batido y pan rallado, después puso al fuego una sartén con aceite para freír un par de huevos.

Se le fue la mente al cosmos, una serie de imágenes vividas desde que se despertó esta mañana, se fueron sucediendo. La belleza, el placer de amar a Silvia en la mañana, el miedo que pasó en comisaría, la sonrisa enigmática de Ana en el bar, la despedida precipitada de Silvia dedicada a su activismo político.

Se refregó la barbilla, preguntándose de que iba la vida o de que iba él, envolviéndole repentinamente una sensación de anhelo incómodo, de insatisfacción, que solo se calmaba con la presencia de alguien a quien admirase, de alguien de quien estar pendiente, pero estaba solo.

Volvió a pensar en Silvia, en cómo se amaron al despertar, en como saboreó su boca, en como penetró en el espacio inexplorado que se abre entre la espalda de sus labios y el marfil de sus dientes, en como besó sus labios por dentro hasta llegar al centro, acariciando el rafe medianero con la punta de su lengua. Estaba embelesado, ella estaba ocupando ese lugar de fascinante admiración que él necesitaba para sentirse seguro.

Se preguntó, si era amor lo que estaba sintiendo, o solo deseo, pasión, si él la amaba según la formula del amor que proponía un singular personaje, el médico-filósofo-psicoanalista francés Jacques Lacan, que le había interesado mucho. Después de releerlo, intensa y repetidamente, pues sus escritos eran tan barrocos que parecían escritos por un complicado loco, había sacado en conclusión que proponía una definición para el amor: *dar lo que no se tiene a quien no es.*

Se paró a pensar en estos dos asuntos en juego ¿Qué le daba él a Silvia? Quizás lo que no tenía ¿Quién era ella?¿Sería otra?

A Silvia, él le daba su pasión de eso estaba seguro, y la libertad que ella le pedía. Aunque, pensándolo bien, en realidad era ella quien tenía la llave de su pasión y la libertad no se puede regalar, cada uno se la toma. Así pues, no podía darle a ella su propia libertad y de su pasión si ella era la dueña, no tenía más opción que dársela .

¿Quién era ella? ¿Era la que él creía que era? Desde luego sabía que era cubana, espía castrista pensaba que no, por mucho que lo dijera la policía. Seguro estaba de que, ella era un amor de mujer, que quería tener una relación con él, de lo que se sentía muy afortunado. Que fuera una relación abierta como ella proponía, ya no le gustaba tanto. Pero pensándolo bien, recordó que un día ella se molestó y le reprochó que no estuviera tan pendiente de ella, como al parecer había necesitado, y eso que cuando estaba con ella no tenía ojos para nadie más, le atrapaba su magnética mirada. Quizás, ella no era tan de amor libre como le decía, lo que por otra parte lo tranquilizó, además, él quería que solo lo deseara a él, como le señalaron unos  celos incipientes, cuando se iba a tantas reuniones del partido.

Así pues, se cumplía la formula del psicoanalista, un rompecabezas, su amor debía ser verdadero ya que le daba una libertad que él no tenía, y una pasión que le  pertenecía a ella. Además, se lo entregaba  a una mujer que decía que no quería exclusividad, eso de la relación abierta, pero que necesitaba ser exclusiva para él. Vaya, igual lo suyo, parecía un amor de los de toda la vida.

En la escena amorosa él ocupaba la posición de amante más que la de amado, y así se repetía con Silvia. La cosa debió de empezar con su madre, de pequeño sabía que la hacía feliz, lo notaba en su cara de alegría al verle, además se lo confirmaban, los pellizcos celosos que su hermana mayor Amparito le daba en su infancia.

Pero, aquello no funcionó del todo, según fue creciendo descubrió, que para su madre él no era el único, también había otros que le hacían feliz, y un gran Otro rival, su padre. Recordaba aquella noche, tendría cuatro o cinco años, estaba enfermo con fiebre y ella se fue con su padre, los dos muy arreglados, y le dejó con la tata a pesar de su empeño en decirle que quería dormir con ella, pues estaba malito y le dolía la tripa.

Vaya, ni él pudo ofrecerle todo lo que necesitaba, para hacerla feliz a ella, y ella no era esa que él creía que solo pensaba en él. Le subió la fiebre y su tata Carmencita le durmió con su cuento preferido, garbancito. Como arreglo, después se interesó en su seño de primaria, que le daba pellizcos de cariño en los cachetes.

Esa frustración, debió dejarle marcado. Así es, que decidió sin saberlo, que ellas solo pensarían en él, solo las haría felices con la condición de no ponerse malo, estar siempre disponible. Se dedicó a eso, a no poner a prueba esta idea por si lo abandonaban. Aunque, no le importaba que ellas se fueran por un ratito, ya que su madre volvió y le siguió queriendo, aunque ya nada fue como antes.

Con Virginia, su primera relación seria, vaya un noviazgo de la época, la cosa tiró bien año y medio, ella le decía que él tenía principios, que no era vulgar ni simple, todo un filósofo, un pensador. Ahora pensaba de ella que no estaba por él, sino por la idea de hacer una pareja-familia modelo con él. Pero estaba engañado, Virginia tardaba en terminar sus frases, y la frase completa fue que : él tenía principios y… final. Pero de eso fue el último en enterarse, de sopetón y demasiado tarde.

Ahora con Silvia, tenía miedo, no quería ofrecer lo que no tenía, tampoco dárselo a quien no fuera, aunque ahora no estaba seguro de nada, no descartaba nada en estos asuntos, empezaba a conocer que la vida nos trae sorpresas, empezaba a contemplar hasta que le pudiera volver a ocurrir un desengaño, a pesar de querer evitarlo. Volvió a recaer en su forma de amar, como siempre nos ocurre, seducir ofreciéndose a ser seducido, lo que hacía a la perfección, sin pretenderlo, y le estaba saliendo muy bien con Silvia y su exótica vida y belleza.

Había leído a los viejos filósofos, decían que el hombre busca lo que no tiene, ya que si lo tuviese no habría de buscarlo. Que el hombre ama lo que le falta, y porque le falta lo ama; cómo se siente incompleto, tiende a conseguir  aquello que considera importante para sentirse plenamente humano en su totalidad, lo de la media naranja, pero esto solo le servía para aclararle porqué le gustaban las mujeres, no su forma de amarlas.

Pepe, aunque sabía mucha filosofía, la que había hecho suya era, en resumen, muy simple: fiarse de sus sensaciones y de sus intuiciones, entre las que estaba por supuesto ser un poco supersticioso, por si acaso, para evitar la mala suerte. Respetar sus sentimientos, dejarse llevar por sus sensaciones y aprovechar sus circunstancias. Aspiraba y buscaba, el disfrute razonable de lo apetecible, no de la apetecible razonable que le habría convertido en un racionalista. Por ponerle una etiqueta era un hedonista-epicúreo-peripatético-orteguiano, algo pasota, un picadillo de filósofo vaya.

En sus preocupaciones filosóficas, la religión había ocupado un lugar importante, en ese tema empezó su filosofar. Razonablemente, no creía en un Dios todopoderoso y católico, creía que lo más valioso de Dios es que no existía, lo que permitía hacer con él cualquier cosa y adorarlo en lo que fuera, así se podía servir a tantos dioses como hiciera falta. Por otra parte, no creía en la meigas gallegas, aunque decía que haberlas ailas. No era un sevillano capillita de la Semana Santa, pero siempre disfrutó de ella y le llamó la atención ese tremendo y extendido sentimiento de la religiosidad que se adueñaba de la ciudad en su semana más grande y más santa.

Le influyó en su adolescencia, un gran libro que le prestó su tía María, Semana santa teoría y realidad escrito antes de la guerra civil por un poeta sevillano Antonio Núñez de Herrera, su amena lectura y la brillantez de sus ideas le sirvió para reconciliarse con la religiosidad popular, que no con la iglesia, en unos momentos que renegaba de los curas y de la teología que le enseñaron en su colegio. Aunque de esa religiosidad pagana que él respetaba, no podía hablar con sus amigos comunista, ni con los filósofos de izquierda entre los que se consideraba, ni siquiera con su amigo Juan el negro.

Pepe, se consideraba un filósofo religiosamente ateo, encontró en este libro la solución, en él, no se escandalizaba de lo que ocurría en esos días de fervor popular ,sino lo explicaba líricamente resumido en una frase, que le sirvió para continuar con su contemplación gozosa de las cofradías: *no es que el sevillano confíe mucho en Dios es que tiene mucha confianza con él*. Vaya, que se podía ser religiosamente ateo, en esos días de cultivo de la sentimentalidad.

A veces, le resultaba muy complicado llevar a cabo su filosofía, sobre todo porque sus sensaciones, sus intuiciones no eran claras o tenía sentimientos contradictorios, en fin, que se hacía un lío consigo mismo, y entonces se dejaba llevar, pero por su circunstancia, es decir por el otro o la otra al que admiraba. Pero si las circunstancias no ayudaban a disfrutar, entonces lo mejor era salir pitando, a esperar tiempos mejores, mediante una despedida a la francesa.

Sonaron las tres de la tarde, en el reloj de la torre de la iglesia de Santa Ana. Le devolvió al mundo, el chisporroteo de las berenjenas en la freidora, su principal tecnología cocinera, y el del aceite de la sartén esperando a los huevos. Continuó con presteza y habilidad su tarea, terminó de confeccionar su sencillo almuerzo de huevos fritos, berenjenas rebozadas y aliño de zanahorias.

Cogió una botella de tinto Savín, a medio terminar, y la casera, pan, el plato con los dos huevos fritos con puntillas, guarnición de berenjenas rebozadas y el refrescante aliño de zanahorias, lo amontonó como pudo en una bandeja grande de madera, que llevó de un tirón al salón. Se sentó en la mesa, en su sillón que acercó, tras encender la tele. Ante la vista de aquella vistosa mesa, se le confirmó la apertura del apetito y dio buena cuenta de su almuerzo, que al final le supo a gloria.

Después, se quedó adormilado con la televisión encendida, sentado en su sillón de orejas, que permitía que su cabeza dormida se apoyase sin caerse. Por un momento, con el apetito saciado, volvió a sentirse como por la mañana cuando se despidió de Silvia, satisfecho, no anhelaba nada más que cerrar los ojos, hasta se había olvidado del inquietante asunto de los documentos secretos.

# 15. UNA SIESTA SONORA

Seguía recostado, en el sillón orejero de piel gastada, cuando dio un respingo inesperado que lo desveló de su inicial adormecimiento. Este sillón, era el único mueble que se trajo del domicilio familiar, un sillón con una curiosa historia detrás.

Lo había heredado de su tía abuela Jacinta, por línea materna, quien estuvo casada con un diplomático venezolano. De su última residencia en la Guayana francesa se volvió con dos sillones, gemelos, que atravesaron el atlántico en paquebote, una muestra de amor de su marido Gustavo Emilio. En uno de ellos su tía, que no tuvo hijos, estuvo a punto de quedarse descansando definitivamente al final de su existencia, en el frescor del patio de su casa sevillana en el barrio de Santa Cruz, rodeada de pilistras.

En su testamento, lleno de últimas voluntades singulares sobre sus bonitas pertenencias, a él le correspondió uno de los señoriales sillones y el otro a su primo Roberto, ambos los nietos-sobrinos mayores de la tía. Por esto y por la comodidad de su diseño, o por lo que fuera, a Pepe le encantaba echar una cabezadita en él después del almuerzo.

Tras el respingo que lo desveló, terminó de darle el último bocado, a la manzana que había escogido de postre y, sin notarlo, sin darse cuenta, fue pasando del estado sólido al gaseoso de los sueños. Al mismo tiempo, la pantalla de televisión que iluminaba la penumbra del salón, fue cambiando de los tonos monótonos del de-corado televisivo de las noticias, a los nubarrones de una tormenta de finales de agosto que se le imponía en su imaginación. Al poco, pudimos dar a Pepe por desaparecido de nuevo, la barriga llena, el paladar atufado de recuerdos de sabrosos sabores, el aperitivo de las cervezas en la mente, y las cuatro caladas que le había dado al porro de Ramón, todo eso unido, facilitó ahora su traslado al más allá.

Serían las 15.40, cuando ensoñó con la pantera rosa, o quizás, la escuchó dentro de aquella caja luminosa llevando a cabo sus aventuras, proyectadas por tierra mar y aire. La atmósfera de la sobremesa estaba impregnada de los efluvios que salían de la pantalla del televisor, encendido aunque ignorado, que acompañaba su sueño y su ensueño

De pronto, —ring, —silencio—, ring, —silencio—, ring, —silencio—, ring —silencio,. A Pepe García desde su ensueño aquello empezaba a sonarle a conocido, (son tiempos en que todos los teléfonos suenan igual) y de repente, se despertó cayendo en la cuenta de que estaba sonando el teléfono.

Despertó de su ensueño, se abalanzó pesadamente hacía la mesita que había a su derecha y cogió el auricular.

—Diga —contestó Pepe.

—Pepe ¿no estarías durmiendo la siesta? Soy Manolo —le respondieron desde el otro lado del hilo.

—Ya, ya, te he conocido, no, no te preocupes Manolo, so mamón, no importa, solo acababa de dormirme, dime —le respondió medio dormido.

—Lo que hablamos para esta noche, nos vemos a eso de las diez en el Maravilla a tomar una cerveza y vamos al cine de verano —le concretó Manolo—. Ana se viene y tú queda con Silvia, salimos los cuatro. Ana me ha dicho que echan una de vaqueros en el cine "Alfarería" y que te gustan mucho.

—Pues vale, yo veré a Silvia después y seguro que se apunta, contar con nosotros —respondió Pepe.

—Chao, Pepe, sigue durmiendo. —Se despidió Manolo.

—Hasta luego, Manolo, déjame con Morfeo. —Cerró la conversación Pepe.

Siguió durmiendo cuando: —pinnnnnnnnnnnnnnnnnnnnnnnnnnn, —le sobresaltó un hiriente sonido, abrió bien los ojos que quedaron deslumbrados por los rayos que salían de la pantalla, llena de puntitos negros sobre el fondo blanco y ruidoso. Era insoportable ese chillido metálico, iba a apagar la tele cuando se alivió el ruido, cambió la imagen del televisor apareciendo la carta de ajuste, con su filigrana de tonos blancos, negros y grises, de formas redondeadas en líneas simétricas, y el desagradable pitido fue sustituido por las notas de una canción de George Moustaqui, miró el reloj eran las 16.31.

Se incorporó del sillón, apagó la tele, y se movió pensando en poner algo de música e irse despertando. Recordó que tenía que llamar por teléfono a su amigo Juan, de esta conversación dependía que le devolviera hoy los documentos o lo aplazaran para más adelante.

Después del mal rato de la comisaría, los papeles le estaban agobiando una hartá, le tenían francamente preocupado, el haber visto a Vicente brutalmente golpeado en la comisaría, que era del mismo partido clandestino que Juan, del PC, solo había aumentado su inquietud. Estos últimos pensamientos desasosegados terminaron por espabilarle.

Se puso en pie, entró a la cocina a prepararse un café, estaba siendo un día de grandes emociones y sensaciones, el amor maravilloso mañanero con Silvia, el susto en la comisaría de policía, un agradable aperitivo y almuerzo y ahora volver a la inquietud con los papeles secretos. La pequeña siesta en el sillón había sido una placentera necesidad, aunque el calor denso y la sensación de quietud y abollonamiento que impregnaba el comienzo de la tarde de verano, todavía no se manifestaban en toda su intensidad.

En la cocina, mientras preparaba la cafetera, se recreó en la sensación de protección que le daban los gruesos muros de la casa. Imaginó los rayos de sol rebotando afuera y observó divertido que algunos lograban penetrar entre las rendijas de la persiana por la ventana, dibujando su silueta en la encimera, encendió la cafetera.

Volvió al salón, fue hacia la estantería, a la pletina del magnetofón para poner música, rebuscó con cui-dado entre las cintas de casete desordenadas, esparcidas sobre la balda, y encontró la que buscaba, escrito de su puño y letra a rotulador negro en mayúsculas se titulaba: *SELECCIONADOS*.

La cinta, contenía cinco canciones que él había grabado a lo largo del último año, servían de crónica de su vida sentimental, desde que vivía en aquella casa trianera, el primer año en que vivía solo. Las canciones habían sido escogidas por las circunstancias, ese era su estilo dejarse llevar, habían ido apareciendo sin buscarlas, le encontraron a él y le engancharon. Eran canciones, que tras grabarlas las había gastado de tanto escucharlas, obsesivamente, siempre le pasaba así, según su filosofía de dejarse llevar por sus sensaciones circunstanciales, después poco a poco habían ido quedando aparcadas de forma natural dando paso a la siguiente, con la que se repetía el ciclo. Cubrían una necesidad hasta que dejaban de ser necesarias, porque aparecía otra que la solucionaba.

La primera canción la incluyó tras el final de su noviazgo, el verano pasado, era la más antigua, una canción de Luis Eduardo Aute, joven artista polifacético y tremendista, en las que hablaba de un amor perdido con un lamento que descosía el alma: "siento que te estoy perdiendo", ese era el tema que le ayudó a asumir y sublimar su inicial dolor y desconcierto, reacción ante el abandono que acababa de sufrir.

La segunda canción de la cinta, también era de Aute, también trataba del amor. La había incluido un par de meses después de la primera, a la que fue sustituyendo en las audiciones. Proponía tener un tono algo más optimista para estos asuntos del amor que le continuaban agobiando, su estribillo decía: *"si el amor alguna vez fuera algo más que…"*, vaya que podía pasar a otra cosa, que lamentarse, que había otras salidas, que podía haber otras formas de amar y resultados diferentes, que no había que darle tanta importancia trágica al asunto.

La tercera canción, se le presentó en la fiesta del pasado fin de año, entre cubatas y algún porro en casa de Ernesto, le sacó del bajón que le estaba entrando y le hizo bailar y disfrutar. Aquella noche la hizo suya, se titulaba "volando voy, volando vengo", interpretada por unos flamencos Camarón de la Isla al cante y de un guitarrista Paco de Lucia, compuesta por un conocido, Kiko Veneno. Esta canción significó un cambio en su estado de ánimo, en aquella época ya era capaz de pensar en un nuevo futuro, estaba saliendo del duelo por el amor perdido, además tenía un ritmazo que llamaba a moverse al compás.

La siguiente canción la encontró en Triana, en el barrio, una noche en el Morapio donde escuchó un compás de bulerías, en una fiesta que se lio, sin avisar, se encartó sin buscarla. Preguntó después, y le explicó, Joaquín el camarero, que los chavales que escuchó eran la Lole y Manuel el guitarrista, que había estado en una reunión de la familia Montoya, artistas de este lado del río, de Triana, mas exactamente del barrio del Tardón.

Encontró que, una de sus bulerías "Nuevo día", al escucharla hacía amanecer al mundo, de todas todas, y es que un poco después, una mañana de camping en la sierra norte de Sevilla, asomado a la tienda recién despierto, la oyó en el radiocasete y se le cayeron dos lagrimones. Pepe era en el fondo un sentimental.

Su última adquisición, del mes pasado, era una canción de un desconocido cantautor madrileño, Hilario Camacho que cantaba a la esperanza que abre el amor. La canción se titulaba: "princesa de cera", había venido de la mano de Rita, la amiga madrileña de Silvia, que le habló fascinada por la delicadeza poética de la canción y del cantante, cuando la escuchó, le emocionó tanto que, decidió incluirla en su cinta de seleccionados. Sabemos que ya conocía a Silvia y había empezado a ilusionarse de nuevo en el amor.

Abrió la tapa del casete, metió la cinta escogida, apretó la tecla del play y, justo cuando atravesaba de vuelta la puerta de la cocina para servirse el café, comenzó a sonar un acompañamiento de palmas por bulerías y en un crescendo emocionante sobre el rasgueo de la guitarra rompió la Lole con una voz clara y alegre anunciando:

*"el soooool rompe tinieblas por campiñas lejaaanas,*
*ta taca ta taca ta taca tacatacataca  ta*
*el aire huele a pan nuevo,*
*el pueblo se despereza,*
*¡ha llegao la mañana¡"*

No, no era esa la canción que buscaba, no, esta era la bulería de la Lole y el Manuel, aunque llamaba a alegrarse el corazón, él quería la canción de Aute.

Apretó la tecla de stop, después rewind para retroceder en la cinta, había escuchado la cuarta canción y él buscaba la segunda, la de Aute. El aparato rebobinaba con su ruido característico, producido por el roce de sus elementos, pulsó el stop calculando que había llegado, después el play y al momento sonó:

*"aunque sé que no es fácil decir la verdad,*
*no la digas jamás.*
*Siento que te estoy perdiendo… perdiéndote.....”*

Volvió a pulsar el stop, se había metido en la primera canción, que era tan melancólica.

Apretó el wind para pasar a la segunda y cuando calculó que había llegado, pulsó el stop y de nuevo el play, volviendo a sonar: "perdiénnndooote", y decidió dejarla, fortalecido para escucharla después de la inicial sorpresa.

Sonó la última estrofa, volvió a producirle lo que precisamente decía la letra un poco más adelante, desazón, mientras las palabras caían pesada y pausadamente:

*"Mis labios no encuentran tu beso oportuno,*
*ni encuentra mi cuerpo en tu cuerpo refugio,”*

Y subiendo un poco la intensidad de la voz continuaba

*"tan sólo pasivo abandono, distante desnuudo*
*que entregas como algo que no fuera tuyo,*
*dejándote hacer en ausente actitud;*
*qué mortal desazón es hacerte el amor*
*cuando ya no eres tú.”*

Y le volvió, el amargo recuerdo de la última relación íntima que tuvo con Virginia, una semana después de que lo habían dejado, volvieron a verse y zaca se metieron en la cama. Pepe dio un severo gatillazo, reflejo de su estado de abatimiento, que la puso a ella en posición de dominio absoluto al ofrecerse a disimularlo elegantemente, y a él lo dejó la mar de preocupado, durante varias semana, con un tremendo horror a intentar otra relación sexual.

Y la canción llegó a su fin, regodeándose en el estribillo:

*"Siento que te estoy perdiendo*
*perdiénnnndote.”*

Volvió a proponerse que tenía que mirar el contador del magnetofón, localizar el metraje en donde empezaban las canciones y anotarlo en la carcasa, así iría directo al grano en su siguiente búsqueda, pero en ese momento comenzaron las primeras notas de la nueva canción y volvió a olvidársele su propósito.

Estaba delante del fregadero, con la cafetera en la mano, cuando comenzaron a desgranarse lentamente unas descreídas palabras acompañando a una melodía suavemente sugerente y Pepe García se sentó en la silla de la cocina a escucharla, enfrentado a las musarañas:

*"si el amor alguna vez fuera algo más,*
*que dos espejos frente a frente,*
*o el miedo al tiempo que no vuelve*
*que se escapa, victorioso, sin pedir perdón."*

Recordaba, al escuchar esta estrofa el día aquel en que miró al infinito en casa de Ramón, al asomarse a dos mágicas superficies enfrentadas, dos espejos de cuerpo entero que ocupaban la pared de la derecha y de la izquierda en el portal de su bloque.

Había pasado muchas veces frente a ellos, sin prestar más atención que echarle un vistazo a su peinado, pero ese día, recordaba que fue un 19 de marzo, asomando su cabeza mientras esperaba el ascensor se descubrió a sí mismo reflejado al infinito en el cruce de su mirada y la que los espejos enfrentados le devolvían. Allí estaba en uno y otro lado reduplicada al infinito, su mirada de asombro en las paredes que se penetraban mutuamente, lo que le produjo un vacío en el estómago y la idea de que cualquier cosa es posible.

Siguió sonando la canción y las palabras siguieron cayendo lentamente, entretejiéndolo a ellas:

*"Si el amor alguna vez, fuera algo más*
*que encuentro de almas solitarias*
*en el rechazo de ser nada*
*que no es nada sino toda la desolación,"*
*"si el amor alguna vez, fuera algo más*
*que la necesidad urgente,*
*de que los cuerpos se alimenten*
*con los cuerpos perpetuando su contradicción"*
*"no sería la más pesada de las cadenas,*
*el pozo seco de la tristeza*
*ni la herida que nunca cicatriza."*

Al escucharla le hacía pensar que el amor podría pasar de ser trágico, a melodramático, ya que el cantante seguía con la esperanzada conclusión de que podía ser otra cosa más liviana, en el pegadizo estribillo.

*"no sería la más pesada de las cadenas,*
*ni el pozo seco de la tristeza,*
*ni la herida que nunca cicatriza*
*y nada más, apenas nada más".*

Y la música, quedó suspendida un instante de la lámpara del comedor, para volver a caer sobre él repitiendo su esperanzador estribillo, terminando una encima de otra las últimas palabras, amontonándose sobre él.

Acabó de servirse el café, de la cafetera, que sus-piraba al lado suyo. Se volvió hacia la nevera, que se abrió con un estremecimiento de toda su estructura, sacó la botella de leche y la añadió al café. Con la taza en la mano, se fue buscando su sillón y se sentó a tomarse el café con leche, mientras, terminaban las últimas notas de la canción y se decía para sus adentros: ten cuidado que quema.

## 16. A CUALQUIERA PUEDE PASARLE

Arrellanado estaba en el sillón, pensando en babia, recordó que había quedado con Manolo para salir esta noche, tenía que hablar con Silvia para confirmar la cita con Manolo y Ana, para ir al cine de ve-rano. Se dispuso a llamarla por teléfono, miró el reloj eran las 17.30 de la tarde, no sabía si habría vuelto a su piso, después de las tareas políticas a las que se marchó al mediodía.

Mientras esperaba, a que el disco del teléfono vol-vera desde el siete, el último número marcado, y ejecutara la llamada, se acordó de su hermana Amparo y la imaginó sometida para los restos al repipi de su novio Felipe, ocupada para siempre como su madre en prepararle el café de después de la siesta a su marido.

Escuchaba los primeros tonos de la llamada, cuando afortunadamente pensó en Silvia y en la magia con que empezó el día, recordándola desnuda como una diosa Venus en la cama, desmadejada junto a él. Se pasó los dedos entre el cuello de la camisa y su piel, estirando el tejido para dejar que el aire circulara directamente y continuó escuchando el monótono sonido intermitente que avisaba de la llamada en el otro lado, ping, silencio, ping y al quinto ping se oyó descolgar el teléfono.

—¿Diga? ¿Quién habla? —preguntó una voz femenina.

—¿Se puede poner Silvia? soy Pepe.

—Hola Pepe, soy Arantza, voy a ver si está en su cuarto, pero no la he visto. —Al poco volvió a escucharse—. Pues no, no ha venido a comer.

—Me haces el favor de decirle que me llame, si la ves o le dejas una nota, por favor. —Le pidió Pepe, lo que hizo recordar que Silvia le había dicho que estaría en el hospital por la tarde, tras el comité de propaganda.

—Pues de acuerdo Pepe, agur. —Se despidió Arantza.

Colgó el teléfono, pensó en llamarla más tarde y volvió a sus pensamientos durante un rato, tumbado en el sofá.

Al poco, se le vino al pensamiento el asunto que le inquietaba todo el día y que por la hora que era ya no podía ignorar, desembarazarse de los papeles, devolvérselos a su amigo Juan el negro. Miró el reloj, marcaba las 17.33, se había echado la tarde encima, tenía que confirmar la cita con él y había quedado en llamarlo por teléfono tras la siesta. Marcó el número de teléfono de la casa de Juan, de la de sus padres con quienes vivía, con estas urgencias en la mente.

Juan, pertenecía a una ilustre familia Sevillana, era el quinto de ocho hermanos. Su padre un conocido opositor al régimen, que no lo ocultaba apoyado en su gran prestigio profesional, como ingeniero, y social, lo que le concedía autoridad y respeto en la sociedad sevillana. Su madre era una rica heredera, terrateniente.

Escuchó el tono del teléfono realizando la llamada: ping, ping, ping, ping, ping...

—Residencia de los señores García de los Esteros, ¿Quién está al habla?

Le contestó una voz femenina, detrás de la que reconoció a Puri la empleada del hogar de la casa. Ella había sido un mito erótico para el grupo de amigos en las tediosas noches de estudio en casa de Juan, durante la carrera, les alborotaba su juventud, su campechana simpatía y su sensual figura.

—Soy Pepe, Puri, ¿está Juanito?, te había conocido por la voz —le dijo con familiaridad.

—Ahora mismo le aviso, un momento, señorito.

Tras un breve instante se oyó como alguien cogía el teléfono.

—Oye, que tal Pepe, dime. —Era Juan que estaba inquieto esperando la llamada—. Juanito, te llamaba para ver si nos vemos para tomar algo, hace tiempo que no salimos, hoy no puedo, pero si te parece quedamos para la semana que viene. —Eran los términos claves que ya tenían acordados para la conversación.

—Vale, la semana que viene puede ser, mejor que la otra —contestó Juan brevemente.

Juan le había insistido mucho, que por teléfono mientras menos se hablara mejor, creía que estaba pinchado su teléfono por la policía.

—De acuerdo, nos vemos la semana que viene, oye te parece que podemos ir a Coria a comer albures —le dijo Juan en tono de pregunta—. Pero tendría que ser por la mañana a eso de las doce o doce y media para llegar bien a comer.

—Vale, me parece buena idea, pues ya te llamo yo el lunes próximo y concretamos. —Cerró Pepe la conversación.

—Adiós, un abrazo. —Terminó Juan.

—Adiós. —Y colgó Pepe.

Pepe y Juanito, como acababa de llamarle familiarmente, se conocían desde la infancia, compañeros de curso desde ingreso cuando se conocieron con nueve años, desde entonces no se habían perdido la pista.

Habían compartido muchas cosas, grandes y pequeñas, su primera borrachera, sus pasiones y desconciertos adolescentes, un primer viaje de mochileros en autostop hasta Asturias, eran colegas de sensaciones, emociones y situaciones comprometidas que marcaban su experiencia vital. Además de compañeros de colegio habían sido compañeros de facultad y de sus primeras aventuras políticas.

Compartían compromiso político, que tuvo un inicio adolescente, cursando el preuniversitario participaron en las primeras huelgas de estudiantes de bachillerato, lo que les permitió conocer a las niñas del Instituto Murillo, con una de las cuales Juan seguía de novio. En aquellos años las escuelas eran unisex.

Su nombre completo era José Juan Fernando García de los Esteros y Espasa, tenía como apodo Juan el negro, debido a su pelo negro ensortijado y su tez morena, era guapo de cara de perfil estilizado con dos perfectas y rotundas cejas que enmarcaban unos ojos negros de mirada penetrante sobre unos labios astifinos.

Las circunstancias de la cita las habían acordado previamente y tras la conversación telefónica, todo había quedado claro entre ellos, se encontrarían hoy a las 12 de la noche en la venta Pilín.

Juan, no había usado la palabra anestesiado que habría significado que debía destruir los documentos, luego la cita seguía para adelante. La hora convenida era las doce de la noche, el truco era cambiar la tarde por la mañana y viceversa, estaban acordados dos lugares posibles, al decir Juan de quedar en Coria ya sabía que el lugar de la cita era la Venta de Pilín, que cogía en esa dirección de salida de la ciudad, el lugar donde Pepe debería llevarle todos los documentos que le entregó, hablar de la semana próxima era hablar del día de hoy.

La Real Venta de Pilín, era un buen sitio para una reunión discreta, disponía de un patio amplio bajo una arboleda oculto a la vista desde el exterior y en un rincón se pasaba desapercibido, además en el edificio central había un comedor interior apartado del patio y muy discreto para estar a resguardo de todo tipo de curiosos.

Cuando se inauguró la venta a principios del siglo XX estaba alejada de Sevilla, ahora la ciudad se había acercado, enfrente tenía la importante empresa de Construcciones Aeronáuticas, cerca la base aérea de tablada y detrás el nuevo emplazamiento de la feria de abril, que se había trasladado hacía dos años al nuevo barrio de los Remedios.

La venta tenía una historia curiosa, fue fundada en 1918 por Pilín, un banderillero del afamado torero se-villano Juan Belmonte, se convirtió en un lugar de excursión donde se desplazaban las clases pudientes a comer y pasar el día a las afueras de la ciudad, sus reservados permitían discretas reuniones, atrevidas fiestas, incluso una discreta cita amorosa de un rey decían que había ocurrido, lo cual no era de extrañar con los borbones.

La entrada de la venta está presidida por un arco con azulejos con un texto nada sospechoso de comunista que dice: *"El rey Don Alfonso XIII-S.A.I. El príncipe de Hohenzoller – S S A A Los infantes D. Carlos y D. Alfonso – Los Marqueses de Carlsbrooke honraron esta venta en abril de 1925".*

Como verán, un sitio perfecto para pasar desapercibidos los comunistas, además Pepe sospechaba que los camareros y dueños estaban en el ajo y colaboraban con el partido. La cita estaba rodeada de medidas de seguridad, si hubiera problemas, Juan le explicó que en el bar Iberia en la puerta de Jerez había una cita de seguridad, habría alguien del partido a quien comunicarle lo que hubiera sucedido, le reconocería porque estaría sentado leyendo el ABC y también tendría en la mesa el correo de Andalucía.

Se dirigió al salón a revisar el paquete que había dejado en el estante de abajo, estaba metido en una bolsa de plástico de los ultramarinos la Salmantina. Miró donde recordaba que lo había dejado, no estaba, empezó a inquietarse. Revisó toda la estantería y nada, el estante estaba vacío ¡horror! no estaba allí. Su inquietud iba en aumento.

Sintió una fuerte presión en el pecho, le costaba coger el aire, se quedó paralizado mirando el estante, mientras pensaba, donde lo podía haber puesto. A continuación, aturullado empezó a revisar todo el salón sin encontrar el paquete.

Nada, se decía para tranquilizarse, no pasa nada, estará en cualquier sitio, Lucía lo habría recogido y cambiado de lugar. Se dirigió al mueble bar esperanzado en encontrarlo dentro, abrió las puertas y nada, era absurdo que hubiera estado allí, el paquete de la salmantina no estaba a la vista; después buscó en su dormitorio, abriendo cajones y puertas del armario; entró en el baño; miró en la cocina junto al cubo de la basura, por si lo hubiera tirado equivocadamente; siguió un rato buscando por toda la casa mientras se consolaba pensando que seguro Lucía lo habría cambiado de sitio a pesar de la advertencia que le dio y lo terminaría encontrando.

Un sudor frío, le recorrió la cara cuando agotado de buscar descubrió encima de la mesa del salón, las carpetas con las fotocopias que Silvia había subido a recoger a su casa al mediodía. Se sentó un momento en el mirador con la mirada perdida, encendió un cigarro. No estaban los documentos y estaban aquellas fotocopias ¿Qué podía haber pasado? No podía ser, se decía así mismo, alguna explicación tiene que haber. Por una parte, no había notado nada extraño al volver del Maravilla, había comprobado que la llave de rescate estaba en su sitio en la maceta, la casa no estaba revuelta, no había notado que faltase nada.

¿Silvia se había equivocado? Era la única posibilidad razonable que quedaba, que se hubiera llevado el paquete equivocado. La explicación más probable era esta, y la más favorable, no estaba el paquete que debía estar y estaba el que no debía, había sido un cambiazo involuntario.

Esta explicación que se dio, alivió un poco la presión que sentía y el sin vivir que tenía. Arrea, si esto fuera así los comprometedores documentos del partido comunista habían caído en manos del partido político rival, de los maoístas, habrían estado estaban metidos en la reunión del comité de propaganda de la joven guardia roja.

¿Qué podía hacer? ¿Llamar a Juan y decírselo? No, claro que no, eso sería una barbaridad, preocuparle sin conocer la historia completa, tenía que averiguar en dónde estaban, si era cierta la explicación que se había dado, y conocer que había ocurrido con los papeles perdidos. Calculó una y otra vez lo que podía haber pasado, lo que era más posible. Hoy en casa había estado Lucía la asistenta, antes de salir le advirtió que no moviera ese paquete, ni el otro encima de la mesa del salón, pero no podía estar seguro, Lucía le encontraba sitio a todo, aunque su orden fuera distinto al que él determinaba para las cosas, había pequeñas guerras como la de la caja de la crema de zapatos, que se cambiaba del cuarto de baño a la cocina y viceversa.

Se quedó con la explicación más posible y más favorable, lo más posible que Silvia al ir a recoger sus fotocopias, por error, se hubiera equivocado y hubiera cogido el otro paquete, el de los documentos secretos, que estaban en la bolsa de la salmantina. Podía haber pasado, sobre todo si Lucía hubiera juntado los dos paquetes de papeles en el mismo sitio, porque le hubiera parecido lo más apropiado.

Dejó de darle vueltas a la cabeza algo aliviado, decidido a comprobar la verdad de su teoría, tenía que hablar con Silvia inmediatamente y pedirle una explicación. ¿Dónde localizarla? Si no estaba en su casa, debía estar en el hospital, recordó que le dijo que tenía trabajo allí por la tarde, después de la reunión política.

Aquella idea, y sobre todo la actividad que inició para comprobar si era cierta, le calmó momentáneamente, y sin tardar un minuto se fue hacia el teléfono para hablar con ella. Tenía el número de la sala de estar de la guardia, era donde le había dicho que estaban por las tardes los residentes y el adjunto. No lo encontró en su listín, debía haberlo anotado en algún papel suelto, llamó a la centralita del hospital, insistiéndole a la telefonista consiguió que le pusiera con la sala de guardia del maternal.

—Por favor, para hablar con la doctora Silvia Osborne.

—No, no está aquí. —respondió una voz masculina.

—Disculpe, soy Pepe un amigo y es que estoy buscándola por un asunto urgente, ¿puede localizarla? Por favor.

—Espera, que creo que hace un momento estaba por aquí, a ver si está en consulta o ha subido a planta.

Pasaron 4 o 5 minutos , se le hicieron interminables, hasta que Pepe aliviado escuchó la voz de Silvia.

—Dime chico, Pepe, ¿qué pasa? Me has alarmado ¿Qué es eso urgente?

—Silvia perdona que te interrumpa en lo que estés haciendo, pero necesito saber si recogiste de mi casa las fotocopias al mediodía,

—Bueno, me pasé y cogí las fotocopias, sí, como te dije, las tengo en la taquilla, en una bolsa, pero ¿por qué? Te noto aterrrrillado, ¿estás en llamas?

—¿Has mirado, en que bolsa están? —preguntó Pepe con una gran inquietud—. Es que había dos paquetes por si te las llevado el paquete equivocado.

—Bueno papito, miré por el salón vi una bolsa con papeles y la cogí, cuando llegue a casa los miraré, ahora están aquí en mi taquilla del vestuario.

—Silvia, por favor, es muy importante recuerda ¿no te habrás llevado una bolsa de la salmantina con unas carpetas dentro?

—Pero ¿qué te embola tanto? Sí, me parece que la bolsa es de comprar en un ultramarino, ese que me has dicho.

—Menos mal, Silvia, que va, que va, esos papeles que te has llevado son míos, tus fotocopias las estoy viendo aquí en casa. Te has llevado los expedientes de los alumnos, —le dijo muy aliviado y para disimular—, los necesito para el acta que tengo que entregar mañana a primera hora. Mira, por favor, déjalos tal como están en tu taquilla y me acerco ahora mismo a recogerlos. Tus fotocopias del libro y del informe, te las llevo y así intercambiamos los paquetes.

—Pero Pepe no te preocupes, te los llevo después o mañana cuando nos veamos.

—No, no, voy a por ellos los necesito ahora y no me importa, cariño.

—Bueno, como quieras chico, yo estoy con la residente grande atendiendo una urgencia en puerta, tú sabes, búscame en la sala de estar de la guardia. Un beso cariño.

Pepe, francamente aliviado, cogió la bolsa del corte inglés que aún tenía los pantalones recién comprados dentro, metió dentro las fotocopias que había hecho para Silvia, y salió de casa decidido a solucionar aquél equívoco. El sudor frío dejo de correr por sus sienes pensando que el susto no había sido para tanto. Recogería los documentos y santas pascuas, los maoístas habían perdido la oportunidad de enterarse de los trapos sucios de sus rivales, a los que llamaban revisionistas, mirándolos por encima del hombro.

# 17. OJÚ, DOBLE O NADA

Bajó, raudo cual centella a la calle, buscó un taxi, la inquietud que sentía, aunque algo aliviada, se transmitía nada más verle. Tuvo suerte y al llegar al altozano, había taxis en la parada y se montó en el primero.

No tardó en llegar al hospital, eran las seis de la tarde cuando se detuvo el taxi frente a la entrada del Morato, pagó la carrera al taxista y entró al interior del recinto hospitalario. Varios edificios componían la llamada ciudad sanitaria Virgen del Rocío. El taxi le había dejado frente al edificio principal, el del hospital general y para llegar al hospital maternal, donde estaba Silvia, tenía que rodearlo y acceder a una gran explanada a sus espaldas.

Bordeó caminando el Morato, dejó a su izquierda el edificio de laboratorios, toda esta parte era nueva recién inaugurada hacía cuatro años. Llegó a la gran explanada, enmarcada por los cuatro hospitales que componían la pomposamente llamada ciudad sanitaria, el hospital general, el de traumatología, el maternal y el hospital infantil.

Le llamó la atención, la cantidad de policía que había por los alrededores, incluso policía a caballo que discretamente estaban parados en un solar cercano, por si tenían que intervenir. Además, había aparcados varios furgones de policía, grises y con protecciones de rejillas de alambre sobre los cristales para evitar que una pedrada los rompiera.

Llegó al maternal algo sofocado, entró por la puerta de urgencias, llegó a la sala de espera ocupada por grupos de familiares, allí una puerta comunicaba directamente con la cafetería de la que se escuchaba una gran algarabía. Era este el único de los cuatro hospitales en el que ingresarse era una alegría, cuando el motivo era que viniera un nuevo ser al mundo. Se dirigió a otra puerta, que con un cartel en lo alto indicada: urgencias solo personal sanitario, y un celador le detuvo al llegar a franquearla.

—Vengo a ver a la Dra. Silvia Osborne, me está esperando —le aclaró inmediatamente Pepe sin dejarlo hablar.

—Pase, me parece que hace un momento estaba en consulta, pregunte al final en la sala de guardia.

Penetró decidido en el blanco pasillo con olor a pintura reciente, a derecha e izquierda se abrían puertas de consultas, llegó hasta el final, otro pasillo lo atravesaba en donde encontró una cara conocida, un compañero de Silvia, residente de neurología con el que ayer había estado tomando cervezas. Así que lleno de esperanza se dirigió hacia él.

—Tomás, Tomás.

Hasta que este se dio por aludido, se volvió, se detuvo y al reconocerlo, con un gesto de la mano le indicó que se acercara. Pepe le preguntó por Silvia con evidentes gestos de inquietud, lo que hizo que este rápidamente la localizara, mientras él esperaba en el pasillo. Silvia estaba en una consulta allí al lado, se asomó a la puerta y le dijo con un gesto que le esperara en la sala de descanso de la guardia.

Al poco llego Silvia, se acercó con su preciosa mirada, se saludaron con un beso. Estaba imponente, bellísima, nunca la había visto así dentro de su pijama verde del hospital, calzaba unos zuecos blancos, una bata blanca desabrochada en la que sobresalía de su bolsillo superior varios bolígrafos y abultado el bolsillo lateral con un pequeño libro. Aunque la cercanía de Silvia lo calmó, tras el saludo Pepe sacó con prisa, sin decirle nada, de la bolsa del Corte ingles con los pantalones, los dos sobres con fotocopias que le pertenecían y se los entregó.

—Pero Pepe, amor, que te pasó, chico, estás pálido. ¿Te cayó carcoma?

—No niña, es que necesito los documentos que te has traído por error, y he venido demasiado apresurado, los necesito para terminar el trabajo del curso, cerrar las actas de exámenes.

Silvia algo extrañada ante su urgencia, sin esperar más ni preguntarle, bajó con él a su taquilla en el sótano, la abrió y le devolvió el paquete guardado, las dos carpetas de cartón azules, poniendo en su taquilla la carpeta con las fotocopias que él le había traído.

Con los documentos en su poder, Pepe, respiró aliviado, metió las dos carpetas azules en la bolsa con los pantalones, recuperó la calma y se despidió de Silvia. Fue un beso largo del que ella se desprendió teme-rosa de que alguien los viera en aquel solitario pasillo del sótano, además de comentarle.

—Tengo que irme, tenemos dos mujeres esperando en paritorio, y mi resi mayor me necesita. Después te llamo, papito, cuando llegue a casa.

Ella, volvió rápida a su faena y él, encontró la salida del hospital como le había indicado por la planta sótano.

Menos mal, pensó aliviado, no tendría que contarle a Juan el susto que había pasado, ni que los documentos secretos, por un momento, habían estado en otras manos en peligro de perderse, con tantas advertencias de cuidado como le hizo al respecto.

Así pues, ya sosegado decidió seguir con sus planes, volvería a casa tranquilamente y después por la noche, a eso de las doce, saldría un momento con el coche para devolverle los documentos a Juan en la Venta Pilín, como habían quedado. La hora no era demasiado buena, pero estaba deseando soltar los papeles.   Se acordó, que Manolo le había dicho de ir al cine esta noche, que por cierto, no se lo había comentado a Silvia con los nervios y las prisas por recuperar los documentos, eso era una complicación, tendría que arreglarlo. Porque los papeles los soltaba como fuera, estaba decidido a ello después del mal rato que le habían hecho pasar.

Salió por una puerta de servicio del Maternal, y atravesó la amplia explanada central hacia la parada de taxis que estaba en la puerta del García Morato, cerca de la avenida de la Palmera, donde había un gran aparcamiento.

Iba atravesando el campus sanitario, por la calle lateral desplazándose confiadamente con su bolsa del corte inglés, cuando escuchó un fuerte griterío por la avenida de la derecha que pasaba entre los edificios sanitarios, el centro de diagnóstico y el edificio de laboratorios, no le dio importancia y siguió discretamente hacia adelante.

Sin que se percatara, un grupo de jóvenes empezaron a adelantarle, venían corriendo, algunos gritando, "amnistía y libertad", "la policía con los banqueros, los estudiantes con los obreros", y sin poder evitarlo se encontró corriendo detrás de ellos, pues un grupo de policías con casco y porra en mano estaban a punto de alcanzarle...

De repente ¡zas! se encontró en el suelo, un paisano que estaba mirando se interpuso en su camino y tropezó con su pierna, vamos que le puso una zancadilla. Cayó al suelo, sintió el costalazo que dio contra el asfalto algo amortiguado al defenderse con los brazos y las manos que quedaron con cortes y rasguños. A su lado había caído otro de los que le habían alcanzado corriendo. Se aferró como pudo a su paquete y desconcertado se quedó en el suelo, contraído esperando el porrazo que le propinó uno de los grises en medio de la espalda.

A Pepe se le cayeron, como se dice, todos los palos del sombrajo mientras aguantaba los empujones de los dos guardias que lo pusieron de espaldas contra la pared, disimulando lo más posible la bolsa que seguía en su mano. No podía pensar en nada, en su cabeza se amontonaban un montón de sensaciones y de ideas negativas que le llenaban de miedo, junto al dolor de su costado derecho, la picazón de sus manos desolladas y una herida en su codo derecho.

Todo se precipitaba, sin darle tiempo a decidir nada, en un periquete, estaba dentro del furgón con otros cinco, tras haber recibido otra ración de empujones insultos y amenazas. Horror, estaba detenido dentro de la furgoneta sin ventanas, allí sentado se dio por vencido, se entregó a pensar que cualquier tipo de desgracia podría ocurrirle. Esta mañana se había librado del calabozo, pero ahora se veía como Vicente, la cara ostiada, encerrado en la celda, los interrogatorios y después a prisión por los papeles. Imaginó a su amigo Juan también preso, que no volvería a hablarle, además le expulsarían del partido por perder los papeles, por ser el culpable de la detención y encarcelamiento de los dirigentes del partido.

No podía pensar que fuera verdad lo que le estaba ocurriendo, ni darse cuenta de los que estaban a su lado pasando por lo mismo, todo estaba sucediendo en una irrealidad apabullante.

Antes de ponerse en marcha la furgoneta, un policía de paisano desde la puerta abierta les preguntó el nombre y les pidió su carnet de identidad, se lo entregaron, todos estaban callados, menos una chica que muy nerviosa y llorosa decía una y otra vez.

—Yo no he hecho nada, yo no he hecho nada.

Pepe, envuelto en su angustia, abatido y pesimista, no era capaz de articular palabra, se le saltaron las lágrimas, solo un pensamiento empezó a tomar fuerza y sentido, ¿cómo deshacerse de aquellos documentos? Ahora sí que eran comprometedores, no solo para él, sino para el partido comunista, vete a saber lo que contendrían, le había fallado a su amigo Juan en toda regla, debería destruirlos como le aconsejó antes que cayeran en manos de la policía, pero ¿cómo hacerlo?

—Cállense y sentaditos, se va a ganar una hostia, como siga quejándose la señorita: Ese paquete ¿Qué lleva usted ahí? —le preguntó airado el policía secreta de paisano.

—Un pantalón del corte Ingles, oiga— contestó Pepe, sin saber cómo le salieron las palabras, de lo asustado que estaba, haciendo ademán de mostrárselo, pues dentro del paquete con el pantalón había metido las carpetas con los documentos.

—Cuando lleguemos lo entrega, eh —dijo de forma autoritaria y amenazante el secreta— y calladitos ahí hasta que lleguemos a comisaría.

Se cerraron las puertas, se hizo un silencio sepulcral en el furgón, sentados en los banquillos metálicos, pegados a las paredes, la chica ahora únicamente sollozaba. El furgón se puso en marcha, camino de la comisaria de la Gavidia. Pepe no dejaba de pensar en su mala suerte, se veía y ahora de verdad, con motivos, encerrado en los sucios calabozos del sótano de la Gavidia, golpeado en la sala de interrogatorio por el policía malo, esposado con las manos atrás a la silla, preguntándole por el nombre del secretario general del PC, el queriendo negarlo y el policía dándole tortazos sin creerle.

El compañero de al lado se dirigió al que tenía delante, al parecer se conocían, advirtiéndole, no digáis nada, no nos conocemos de nada, que no somos de bandera roja, negarlo todo y aguantar a los tres días nos llevan al juez. Mientras la chavala lloraba y lloraba lamentándose.

Llegaron a la comisaría por el garaje. Cuando se abrió la puerta del furgón, allí estaban en el sótano, les fueron sacando de uno en uno y les pusieron en fila contra la pared a esperar. Durante el trayecto una idea había surgido desde su agobio, era cierto que él no estaba participando en aquella manifestación, no conocía de nada a sus compañeros de detención, realmente esta mañana se había adherido a los principios fundamentales del movimiento nacional y al generalísimo Franco, su detención había sido una equivocación, un mal sueño que él no se había buscado.

Pensando en cómo salir del embrollo, se acordó de su amigo Gumersindo, si le creyó esta mañana que le había tenido que mentir algo, podría creerle esta tarde que todo era cierto. Probaría a preguntar por Gumersindo, a lo mejor lo conocían y podía dar fe de que él era afecto al régimen, podía certificarlo, no hay mal que por bien no venga, se dijo a sí mismo. Esta mañana había firmado que era un franquista de pro y además era cierto que él no formaba parte de los manifestantes. Merecía la pena intentarlo, acababa de hacerse el carnet del club franquista con su certificado de adhesión al generalísimo, a la fuerza y contrariado, pero igual podía serle útil.

Nada más salir del furgón, se dirigió al que parecía ahora ser el responsable, un sargento de los grises que tenía una lista en la mano y los carnets de identidad. Se dirigió muy nervioso al policía, aunque hablándole despacio y muy educadamente.

—Mi sargento, yo estoy aquí por error, había ido a visitar a un familiar al Morato, a mi tío Antonio que le han operado, —recordó que aun debería estar ingresado tras su peritonitis—, mire esto es una equivocación, pregúntele usted a Gumersindo, de la brigada político-social, él me conoce. Me han detenido al salir del hospital que iba a ver a mi tío, por error, mire pregunte a Gumersindo de la brigada, esta mañana he estado con él, y me dio el certificado de buena conducta, él se lo dirá que soy afecto al régimen y al caudillo.

Los compañeros de la furgoneta se miraron entre ellos de forma cómplice, y se alejaron de Pepe, viendo como el sargento lo llamó en un aparte.

—Rojo de mierda, como no sea verdad lo que me estás diciendo te va a caer un paquete que no veas, cinco años y sin condicional. ¿De qué conoces tú a Don Gumersindo?

—De verdad mi sargento, hemos sido compañeros de colegio y esta mañana he estado con él, no sé si estará todavía en la oficina.

El sargento, parece que se conmovió con lo que le decía Pepe, tal era la angustia que expresaba y tan convincente y concreto parecía su discurso, podía comprobarse fácilmente si aquello que decía era cierto. Además, son cosas azarosas del destino, resultaba que el sargento Contreras conocía a

Gumersindo, ya que estaba casado con una prima hermana suya, y acababa de tomarse un café con él, pues por las detenciones los dos doblaban en el turno de tarde.

Lo apartó de los otros, a los que mandaron a los calabozos escoltados por dos números de la policía. Pepe se quedó esperando, en el despacho de la guardia del sótano, a que el sargento Andrés Contreras hiciera la gestión pertinente. La bolsa del Corte Inglés seguía en sus manos y había pasado a un segundo plano el interés que el secreta manifestó por ella al detenerlo, este había desaparecido de la escena en estos momentos.

Pepe, observó como llamaba por teléfono con su DNI en la mano, y mientras hablaba con alguien lo miraba a ratos. Llamó al secreta, que estaba en un despacho adjunto, también se puso al teléfono y después se lo devolvió. Colgó el teléfono y llamó a Pepe para que se acercara. Este seguía con su bolsa del corte inglés en la mano discretamente agarrada. El sargento sentado en su mesa con un gesto le dijo que se detuviera, quedó Pepe de pie frente a la mesa muy comedido y le dijo el policía.

—Vaya parece que ha sido una equivocación, Don Gumersindo me ha confirmado lo que usted decía, que es amigo suyo y que es afecto al régimen. Puede irse, él está tomando declaraciones y no puede ahora mismo subir usted a saludarle. Haga el favor de no meterse en líos y sobre todo aléjese ellos cuando los vea.

—Muchas gracias, y lamento haberles dado trabajo, adiós, buenas tardes.

Se despidió Pepe, su rostro empezó a coger el color que había desaparecido, subió a la planta baja y salió a la calle a toda pastilla, bajó las escaleras de la entrada que le dejaron al ras del suelo en la plaza de la Gavidia y se marchó raudo hacia la puerta principal del Corte Inglés, en la plaza aledaña del Duque, donde estaba la parada de taxis. Cogió el primero de la fila sin mirar atrás.

—¿Tiene usted prisa? —le dijo el taxista al verlo tan alterado.

A lo que le contesto Pepe.

—Pues sí caballero, a la calle pureza por favor que me he quedado sin siesta por una equivocación de la policía. —y se sentó en el asiento de atrás, dando un suspiro profundo y hundiéndose dentro de sí mismo.

Unos minutos después, el taxi lo dejó delante de su puerta, inquieto y tranquilo a la vez. Inquieto porque seguía con los documentos secretos encima, y tranquilo por haber conjurado el peligro de que cayeran en manos de la policía. Subió los escalones de dos en dos, entró a su casa miró el reloj eran las 19.24, pensó, menos mal que la cita para devolver los documentos era por la noche, al final estoy de suerte, aunque muera de un susto, podré cumplir con Juan y devolverle sus comprometedores documentos.

En el salón, encendió un cigarro, fue a fumar al mirador, con la ventana abierta, dejando que su mirada se perdiera en el horizonte sin nada que le amenazase. La tensión que había pasado le había abierto el apetito, le había secado la boca, así es que se abrió un botellín de cerveza Cruzcampo fresquito de la nevera, y dio buena cuenta del resto de la fuente de zanahorias aliñadas que habían sobrado del almuerzo, le supieron exquisitas.

Quería terminar de relajarse, una ducha era la manera de conseguirlo y pasar a otra cosa. Tal como lo pensó lo hizo, abrió el grifo de la bañera, ajustó la temperatura del agua y cuando estuvo a su gusto, se desnudó y ya dentro con un golpe de manivela hizo que el agua cambiase su destino del grifo a la alcachofa de la ducha de teléfono, colgada en la pared.

Empezó como siempre, mojándose los pies para ir subiendo hasta la entrepierna, después los brazos, el pecho y los hombros y por fin de un empujón se metió debajo del chorro, mesándose los cabellos con el agua que le resbalaba y le caía por la espalda a borbotones. Estaba disfrutando del agua templada cuando de repente y sin avisar, aquel termo de butano de carácter voluble volvió a gastarle una mala pasada y el agua fría le cayó en todo lo alto, de una espantá se salió del chorro. Tuvo que volver a regular la temperatura, maldiciendo para sus adentros, hasta que estuvo seguro para volver a sumergirse bajo el chorro sin nuevos sobresaltos.

Llenó la esponja de jabón, recorrió toda su piel metódicamente, dejando después que el agua tibia recorriese su cuerpo limpiándolo de espuma. Terminó bajo el chorro de agua rompiendo en su cabeza durante un buen rato sin pensar en nada, solo notándose.

Cerró las llaves, primero la fría después la caliente, descorrió la cortina de plástico y como de costumbre cogió la toalla que había dejado al lado encima de la  banqueta y comenzó a secarse. Tenía también su rutina, primero la cabeza y el pelo, después los oídos, después siguió por el torso hacia abajo. Una vez seco, se vistió rápidamente, con el pantalón vaquero y un polo azul clarito del laureado Fred Perry y estaba preparado para salir corriendo si hiciera falta.

Ya sereno, pensó en cómo terminar de resolver lo de los papeles, maldita la hora en la que se los dejó Juan, así es la vida, hay que tomarla como viene, reflexionó. Habían quedado a una hora extraña, a medianoche, tenía tiempo de ir al cine de verano como había quedado, después planeó que, llegado el momento con cualquier excusa, sin decirlo a nadie, darles el esquinazo y entregarle los papeles a Juan, como una cenicienta moderna, y a otra cosa mariposa.

Tenía la bolsa con los documentos, sobre la mesa del salón, que buena idea había sido llevarse la bolsa del Corte Inglés con el pantalón, aunque después del mal rato que había pasado solo tenía ganas de olvidarse de ella. Le había intrigado, desde que le entregó el paquete Juan, conocer que era eso tan peligroso que contenían. Ahora relajado, le pudo la curiosidad y se decidió a conocer el contenido de aquel paquete, que tan malos ratos le estaba haciendo pasar. Se sentó y se dispuso a registrarlo, a pesar de que

Juan le decía siempre que mientras menos supiera mejor, no pudo resistirse.

Contenía, dos carpetas azules de cartón con pestañas, bien repletas de papeles, cerradas por sus sistemas de gomas elásticas.

Abrió la primera, contenía documentos políticos del partido comunista, le llamó la atención uno titulado por una enseñanza democrática, lo ojeó. Escrito en duro texto mecanografiado reproducido a multicopista, dirigió su mirada a las conclusiones con las que se sintió totalmente identificado:

> *"En la perspectiva de una sociedad sin clases, esta alianza prefigura un modelo completamente nuevo de relaciones entre el trabajo y el estudio. La construcción del socialismo implicará efectivamente, una profunda revolución cultural, un cambio completo en las relaciones de la cultura con el trabajo y el conjunto de la vida humana. Esta revolución será una de las piezas claves de la construcción del hombre nuevo en la sociedad comunista."*

Siguió mirando, contenía algunos números del periódico clandestino el mundo obrero órgano oficial del partido comunista de España, también panfletos en donde se convocaba una jornada de lucha de la junta democrática, un informe firmado por el camarada Olafo de la agrupación comunista de la universidad, hablando de la gran repercusión que había tenido en la prensa la pancarta, que los estudiantes comunistas, habían colgado de la Giralda con el lema amnistía y libertad.

Pasó a la otra carpeta, esta contenía varios sobres blancos tamaño folio y uno marrón atravesado por la palabra confidencial. Miró nervioso el contenido de este último.

Dentro había una lista, con nombres y números de teléfonos escritos a mano, algunos subrayados con diversas anotaciones: confianza en tres o cuatro, sospechoso en otros y traidor en dos de ellos. Un talonario de cheques del Banco Exterior de España y dos sobres más pequeños, con extractos y movimientos de cuentas bancarias, algunas operaciones de importantes cantidades, de más de un millón de pesetas, subrayadas.

En el otro sobre, un informe sobre tres personas, identificadas con las iniciales y unas fotos de mala calidad, una de ellas le resultó conocida, era un profesor de la facultad de económicas, encima de la foto alguien había escrito con bolígrafo: traidor. Terminaba el informe con un resumen económico y una frase concluyente: faltan 2.543.356 pesetas. Observó que debajo de este último informe aparecían como una marca de imprenta con caracteres cirílicos, o sea rusos, la palabra секретный.

Los grandes sobres blancos, contenían una lista de empresas sevillanas (Landys, CASA, INDUICO, Hispano Aviación, Galerías Preciados...) y una lista de nombres que parecían ser los militantes del partido en las fábricas. Guardó apresuradamente los papeles en las dos carpetas, volvió a meterlos en la bolsa del Corte Inglés, y la escondió en la cocina en el mueble bajo, junto al cubo de la basura.

Pensó, lo mejor será coger la bolsa con los documentos, cuando volviera del cine de verano, si estuviera con Silvia podría decir que quería acercarla a su piso en el coche y tenía que subir a recoger las llaves, así subiría a por el paquete.

Sintiendo, que todo estaba controlado, encendió un cigarrillo y se quedó por un instante pensando en las musarañas, en el sillón. Una fe ciega le había invadido, después de lo que habían pasado esos papeles, aunque los dejara en medio de la calle no le interesarían a nadie.

## 18. UN POEMA AVISADO

Puso música para terminar de relajarse, seguía dentro en el casete la cinta de SELECCIONADOS , con su psicobiografía  musical del último año de su vida. Nada más apretar el play, surgió una voz impresionante, potente, desgarrada y vital que de forma desenfadada gritaba a pleno pulmón:

*"volando voy, volando vengo vengo"*

y repetía marcando el compás exacto

*"volando voy, volando vengo, vengo*
*por el caamiino yo me entretengo...*

*enamorao de la vida que a veces duele,*
*enamorao de la vida que a veces duele,*
*si tengo frío busco candela*
*si tengo frío busco candela".*

Estaba sentado en el sillón, escuchando el tema, dejándose llevar por la bella melodía, embebido por el glamour vital de la canción,  que transmitía la voz del Camarón de la Isla de San Fernando, cuando le sacudió un telefonazo.

Riingggg, riingggg, sonaba a cascado el timbre. Se acordó que esperaba la llamada de Silvia y fue raudo hacia el teléfono, lo descolgó rápidamente entrando la voz de Silvia de sopetón.

—Hola Pepe —dijo Silvia con un tono avasallador deseando soltar bultos y contarle—. Que calor y que tarde más quilombera, desde que marchaste del hospital no he parado, hemos tenido una cesárea y dos partos naturales, toda la tarde ocupada, corriendo, haciendo cosas, acabo de llegar al piso y estoy agotada.

—Cariño, que ganas de hablar contigo, tengo que contarte, no veas lo que me ha pasado al salir del hospital, otra vez estuve en la comisaría, —le interrumpió Pepe, que necesitaba descargarle su nueva peripecia angustiosa, de la que todavía no se había recuperado, lo que hizo que no se percatara del deseo de Silvia de que la escuchase. —Vaya día que llevo, me he quedao alucinao, me detuvieron al salir del hospital y otra vez a la Gavidia.

—Chico, ya me lo contaste al mediodía —le respondió Silvia algo molesta, sin darse cuenta de la novedad del asunto—. Pero bien, al final no te pasó nada, ¿no? porque yo llevo toda la tarde en el paritorio, y casi sin comer porque tuvimos que preparar la propaganda, las pancartas, los carteles, panfletos para mañana, estoy agotada.

—Es verdad, me lo dijiste al mediodía en el Maravilla —contestó Pepe sin cortarse—. Pero no era eso, no, te parecerá increíble, pero es que me detuvieron al salir del hospital, me dieron con la porra, me metieron en un furgón y estuve en los calabozos.

—Oye chico, que cosa más grande caballero, no me lo puedo creer, Pepe. Te metieron en la cuca, será una broma ¿te han pegado?

—Por mis mulas toas, que no te miento, mi niña.

—Claro, cuando saliste, escuche sirenas de la policía, gritos y carreras. Pero así estuvieron gran parte de la tarde.

—Pues eso cariño, sin darme cuenta me encontré en medio de un fregao que no había buscado. Me endiñaron un golpe de porra en la espalda, algunos empujones, me tiraron al suelo. Menos mal, hay que tener amigos en todos lados, el compañero del colegio que encontré en la comisaría por la mañana, el Gumer, volvió a ser mi salvación.

—Sí claro, que bien, aquí hay gato encerrado. —Le respondió Silvia con muestras de impaciencia—, mucho cuidado Pepe, no te fíes de la pasma, que los fachas son todos lobos de una camada y pueden hacer mucho daño, no te fíes.

—Parece increíble, me arregló esta mañana lo del buena conducta y me ha salvado de una buena paliza esta tarde, ya te comentaré los detalles— abrevió Pepe tomando nota de la impaciencia de la voz de Silvia—. Oye que me gustas tela, preciosa maoísta-castrista. —Cambió el tono en respuesta a su impaciencia, dando pasó a que ella se descargara de sus inquietudes.

—Que ¿qué? —respondió Silvia sorprendida por este giro de la conversación.

—Que me gustas mucho princesa —le repitió Pepe.

—No seas tonto, ni burgués —le respondió Silvia con un tono más suave y cálido— no me hagas cuentos guapo y fajero.

—Que sí, oye, que mira que me gustas por las mañanas —siguió Pepe apasionado— y por las tardes y por las noches.

—Y tú hoy, muy fogoso tan temprano, no sigas por la tarde. —Le paraba los pies Silvia, a la vez que se interesaba en él— ¿Has dormido la siesta? Ah, ya sé que no, viniste al hospital, al menos te quedaste tranquilo con tus expedientes.

—Imposible guayaba, eso hubiera querido yo, pero pasé el mal rato de la detención, ahora sí, estoy tranquilo en casa y pensando en ti, isleña bonita —le dijo meloso Pepe.

—¿Qué me tenías que decir, para qué me llamaste? —le preguntó Silvia—. Me ha dicho Arantza que llamaste, en el hospital cuando nos vimos no me dijiste nada, solo recoger los papeles.

—Me llamó Manolo, para salir esta noche, nosotros dos y Ana y él, con las prisas se me paso comentártelo esta tarde, cuando nos vimos en el hospital—le aclaró Pepe.

—Pues no me viene bien —dijo Silvia resolutiva. —Veremos, — dudó Pepe ante el rechazo inicial de su propuesta—. Yo, claro, le he dicho que bueno, que ya le diría cuando hablase contigo, verás…

—Me viene fatal —le interrumpió Silvia—. No te tires con la guagua andando. Yo mañana, tengo tela marinera, la huelga en el hospital, jornada de lucha, tengo que madrugar.

—¡Huy! por poquito —dijo Pepe saliéndose de la conversación.

Un frenazo, se había oído en la otra oreja de Pepe, la que estaba libre del auricular, lo que le hizo encogerse de hombros.

—Asere, ¿Qué volá? —Se extrañó Silvia.

—Nada, un frenazo en la calle —le aclaró Pepe.

—Oye, no me hagas cuentos, pues eso que fíjate. —Silvia sin darse cuenta, cambió su decisión—. Si tú quieres vamos, pero me recojo pronto.

—Vale, a mí se me apetece, sobre todo por estar con Manolo, hace mucho que no salimos juntos. —Pepe más relajado entró a darle detalles de la cita—. Me dijo que había sido idea de Ana, que nos invitara a los dos, están empezando o terminando de enrollarse, no sé.

—Bueno, esa tiene pinta de ser una llama, no le hace falta mucho para ninguna de las dos cosas, empezar o terminar con rollo —contestó irónicamente Silvia—. Aunque me cae bien.

—Les dije que nos veíamos a las 9.30 en el Maravilla, si no había contraorden ¿qué te parece? Y decían de ir al cine de verano. —Continuó Pepe.

—¿Qué peli echan? —preguntó Silvia.

—Una de vaqueros, de puta madre —Contestó Pepe con tono ilusionado.

—Vale, Pepe, vale —contestó más animada Silvia, contagiada del tono de Pepe—. Pero después del cine me llevas a mi piso, así estoy cerca del hospital y madrugo menos para mañana.

—¿Qué? Vale, vale, sin problemas —respondió Pepe.

—Me paso antes por tu casa —le dijo Silvia.

—¿Qué vas a hacer hasta entonces niña? —preguntó Pepe.

—Descansar un poco, ducharme y arreglarme, aunque poco tiempo queda ya, son casi los ocho y media —le contestó decidida Silvia—. Ya sabes.

—Bien, vale, no me tardes. —Pepe expresó su inquietud de que llegara tarde, sin decírselo abiertamente—. Que si quieres nos vemos en el bar, eh.

—No chico, espérame en tu casa y bajamos juntos al bar, vale, llegaré en taxi —volvió a su respuesta contundente.

—Un beso o no te cuelgo. —Se puso Pepe exigente.

—Venga ya papito, que estoy en el salón y está Arantza, no seas colgao. —Intentó escabullirse ella.

—Pues no cuelgo. —Pepe se mantuvo en sus trece.

—muuuuuuaaaaaaaaaaaaaaa —se lo envió Silvia.

—Clonck. —Colgó Pepe.

Pasó a sentarse en el salón, había terminado la canción de Camarón, empezaba a sonar la última de la cinta de seleccionados, la del desconocido cantante madrileño Hilario Camacho ¿Sería familia del dirigente de comisiones obreras Marcelino Camacho? Se había preguntado alguna vez.

Esta canción, la escuchó un día en el piso de Silvia, era una cinta grabada en un concierto en directo en un bar de Madrid transmitía ilusión, también por la ilusión que había visto en Rita, la amiga de Silvia, al tararearla mientras la escuchaba, se titulaba princesa de cera y esa sí que era un canto ilusionado del amor. Le sonaba a una canción medieval ultramoderna con flauta travesera y decía así:

*"Tú serás princesa de mi cuento,*
*compañera de mi vida real,*
*te daré mi cetro de madera*
*y mi llave de coral.*

*De cartón, mi fortaleza*
*mil soldados de plomo tendrás,*
*yo te ofrezco mi cofre de piedra*
*y mis cuentos de cristal.*

*Mira cómo te acaricia el aire.*
*oye cómo te abraza la tierra;*
*mil duendes que se estremecen*
*cuando te siento tan cerca.*

*Corre, se nos escapa esa nube;*
*dame, dame tu mano y aprieta,*
*quiero fundirme en tu abrazo*

*como si fuese de cera."*

Y, con el eco de las últimas frases resonándole, *quiero fundirme en tu abrazo como si fuera de ceeeeeeeeeeeraaaa...* cogió de la estantería una carpeta marrón.

La había visto, al buscar los papeles de Juan el negro, la abrió, aparecieron un montón de folios escritos, también cuartillas sueltas y una libreta de alambre. Contenían poemas, anotaciones fechadas de sentimientos, ocurrencias, pensamientos filosóficos estilo Gracián, una especie de intimario desordenado, al que últimamente le había dedicado poco tiempo.

Entre los papeles amontonados, que ojeó sin buscar nada en concreto, escogió uno casi al azar. Un poema que había compuesto hacía tiempo, cuando empezó a salir con Virginia. Empezó a escribirlo al día siguiente de haber estado juntos, vaya, cuando se acostaron por primera vez.

Había tenido, muchas correcciones, la construcción del poema había sido paralela a la de su compromiso, quedó prácticamente terminado cuando empezaron a convivir algunos fines de semanas.

Ahora, al releerlo, le parecía encontrar allí anunciado el final, encontraba en esas palabras algo premonitorio, algo inevitable, que se anunció, un aviso encriptado de que no iban a ser felices, algo evidente ahora que había terminado la relación, que no supo ver al escribirlo, ni al leerlo. Al releerlo ahora, le devolvía un sentimiento incómodo, se le enfriaba el aliento y le raspaba en la garganta.

Lo leyó de nuevo, detenidamente, dejando que las palabras le zarandearan por dentro, para plantearse si allí también podría estar Silvia.

De todas formas, podrán comprobar ustedes que, Pepe no estaba demasiado dotado para la lírica, pero eso él no terminaba de creérselo.

*"Nos encontramos amor, sin avisarnos*
*en medio de la bulla, y al ver tu luz*
*se hizo un camino entre la gente*
*por donde entró la brisa a refrescarnos.*

*Viniste amor y se hizo el día de fiesta,*
*en una playa dormida nos soñamos*
*arrullados con lluvias de manantiales,*
*que acompañaron nuestra dulce siesta*

*Más ¿A qué vienes amor a mi cama,*
*a dormir envuelta en ti misma*
*mientras mi sexo es tu calma?*

*¿Por qué me hablas, sin palabras,*
*de la muerte, en vez del amor?*
*si sabes que ese ruido nos acompaña como el cuerpo*
*y bastaría escucharlo, sin nombrarlo.*

*¿Por qué sonríes amor,*
*a media mañana*
*con media sonrisa?*
*Si yo te quiero entera para ambos.*

*Y el mar, donde nos conocimos,*
*decidirá con sus olas y sus mareas,*
*la posición final de ambos en el tablero."*

Guardó los papeles, se quedó pensativo, recordando a Silvia gozando desnuda y libre sobre él, se emocionó, se le humedecieron los ojos.

A ella, no la imaginaba metida en ese poema, no tenía cabida en aquellas estrofas, con más reproches que agradecimientos, le resultaba imposible encontrarla entre aquellas palabras. Debía empezar otro poema digno de ella, de su pasión y de su belleza se prometió a sí mismo.

Y mirando que el reloj iba a marcar las 9 de la noche, se dirigió al sillón tras encender la tele, para sentarse a ver las noticias, el telediario de la noche.

# 19. LAS NOTICIAS DE LA TELE

El calor había cedido notablemente, se prometía una noche fresquita, con brisa. Era costumbre de Pepe ver las noticias del telediario, al menos enterarse de los titulares, siempre encontraba el tiempo para hacerlo. Continuaba una costumbre familiar, vivida desde su infancia, a la hora de comer, a las 2 pm, se hacía el silencio para escuchar el "parte", las noticias de radio nacional de España.

De pequeño, no entendía el motivo, pero lo sufría, a esa hora su padre imponía el silencio, incluso riñendo o dando algún cachete al revoltoso. Cuando se enfadaba, pues consideraba una grave falta de respeto, romper el silencio impuesto a esa hora, sobre todo con su hermana Reyes, la más revoltosa, tras calmarse terminaba justificando su severa actitud. Que no era algo caprichoso, era importante estar bien informados y tener opinión sobre los asuntos, había que escuchar lo que decían los locutores, sobre lo que pasaba en el mundo de afuera, abrirse a un mundo aparte del familiar.

Los comentarios, de después del parte, eran lo más sabroso, su madre también se animaba a opinar y a veces lo hacía en contra de su marido, manifestaba así una libertad e independencia de pensamiento, que no era habitual en una esposa de la época, al menos que lo manifestara con naturalidad, en casa, delante de los hijos.

En casa de Pepe, el páter familias, una institución sacralizada en la sociedad regida por el modelo paternalista de la dictadura franquista, sociedad de ordeno y mando, porque soy el jefe, pues el páter familia Don Mariano, tenía que ganarse el puesto y el prestigio, no se le suponía por su cara bonita, tenía que demostrarlo.

Doña Sofía, era una complaciente y respetuosa esposa para su marido, pero no le presumía el valor, como al soldado en el ejército, sino que le obligaba a que lo demostrara en ocasiones. Allí, no funcionaba lo de "soy tu marido y no hay más que decir", aunque a veces Don Mariano llegase a decirlo. Su esposa, sería por la escuela de abogado de su padre, le obligaba a dialogar y discutir, a rebatir los argumentos contestatarios, si venía al caso, lo que este hacía con inteligencia sentido del humor e ironía, era un marido que la amaba, respetaba y la valoraba intelectualmente. Bellos duelos dialécticos, se producían, llenos de respeto y simpatía.

Así, aprendió Pepe, que se podía disentir que había opiniones políticas que no se compartían, sin que se armara una guerra. La sana costumbre de su casa, era que se admitía la discrepancia, incluso se valoraba. Cuando su padre se encontraba muy sitiado, para no perder la compostura e imponer sus ideas de forma autoritaria, como le permitían los usos sociales al hombre y jefe de familia, cedía con el argumento de que era un demócrata, por lo que teníamos que estar todos agradecidos. Así se consolaba en estos fracasos.

Su madre, Sofía, siempre mostró admiración por la lucha y el ideario utópico de los comunistas, se indignaba con la burda manipulación de la realidad que difundían las noticias del régimen, en el antiguo parte radiofónico de las dos y ahora en el telediario. Su padre, don Mariano, era un hombre políticamente de derecha, pero civilizada, como lo fue su padre, demócrata por devoción más que por obligación, lo que hablaba muy bien de él en aquellos tiempos dictatoriales.

Había un político, del que su padre hablaba emocionado, también había sido su amigo, de Don Horacio Hermoso Araujo. Fue este, el último alcalde democrático y republicano de Sevilla, antes del alzamiento golpista, militante de Izquierda Republicana, fue fusilado el 29 de septiembre del 1936, dos meses después del golpe de estado en el que participó el general Franco.

Lo recordaba su padre, en contadas ocasiones, seguía muy afectado por la injusticia que se hizo, por la vileza del crimen cometido sobre un hombre justo y bueno, cosas de la guerra le decía su esposa para consolarlo. Por su amistad con él, vivió aquel fusilamiento en primera persona, recogió el cadáver y el certificado de defunción, facilitárselo fue una consideración con la familia y una excepción, su inexistencia complicaba sobremanera los trámites posteriores al fallecimiento, estuvo dándole sepultura en el cementerio civil acompañando a su familia. Fue tanto el dolor y el pánico, que le produjo aquella vileza, que se alejó de la acción política a la que en ese tiempo le habían llamado sus inquietudes y su juventud.

Estaba Pepe sentado frente al televisor, esperando el inicio del telediario de la noche, cuando sonó la melodía que lo anunciaba, una estridente música que animaba a ponerse en tensión. En la pantalla, apareció la imagen del globo terráqueo aislado en el espacio, se iba acercando al espectador hasta quedar en un primer plano, ocupando toda la pantalla el planeta tierra y entonces por abajo entraba de izquierda a derecha la palabra telediario.

A continuación, apareció el locutor, que con cara seria, ofreció la primera noticia con un gran despliegue de imágenes, lo que llamó su atención.

—*Monseñor Escrivá de Balaguer, falleció hoy en Roma, el Padre se levantó a la hora acostumbrada, celebró la Misa votiva de la Virgen a las siete y cincuenta y tres minutos. Hacia las diez y media llegó a Villa delle Rose donde algunas hijas suyas le esperaban, la reunión fue breve, porque el Padre comenzó a sentirse cansado…. cuando parecía que se había repuesto, salió hacia Roma en el coche. A las once y cincuenta y siete llegó a Villa Tevere, saludó al Señor en el oratorio de la Santísima Trinidad… A continuación, subió hacia el cuarto donde habitualmente trabajaba y, pocos segundos después de pasar la puerta, llamó: repitió con más fuerza y después, en voz más débil: no me encuentro bien. Inmediatamente el Padre se desplomaba en el suelo. Se le impartió la absolución y la Unción de los enfermos, como deseaba ardientemente: respiraba aún.*

Toda esta información, aderezada de imágenes de monseñor recibido por el Papa en Roma, de monseñor con Franco el dictador, de la puerta de la casa romana en que falleció, donde se observaba un impresionante trasiego de sotanas, ocupó más de diez minutos del telediario. Pensó Pepe, un exponente puro del franquismo que desaparece, al dictador Franco tampoco le debe de quedar mucho, eran de la misma quinta.

Continuó el locutor con las siguientes noticias, adornadas con algunas imágenes ilustrativas, el ministro de exteriores Cortina Mauri recibido por su homólogo en París donde han hablado del terrorismo de ETA. Pepe fue sorprendido por una ráfaga de luz, apaciguada, que había entrado por el balconcillo de la calle Pureza y llegado casi hasta el salón, dando cuenta de que el sol se perdía como cada anochecer tras las casas de la acera de enfrente.

Se levantó, se acercó al balconcillo, abrió la ventana y encendió un cigarrillo que apuró hasta el final. Sonrió levemente, mientras colocaba la colilla entre el pulgar y el dedo medio y lo lanzó hacia el abismo limitado que se abría bajo el balcón, asegurándose que no le cayera a nadie. Se mantuvo agarrado a la barandilla herrada, observando el trozo rojo de la tarta del sol, que intentaba impotente quedarse prendido de las tejas de enfrente.

Estaba abstraído, cuando escuchó unos pasos ligeros por la escalera, le sorprendió el sonido del timbre, Silvia acababa de llegar, miró el reloj mientras se acercaba a abrirle, eran las 21.37.

Entró Silvia como una exhalación, se acercó a Pepe camino del dormitorio y le besó ligeramente en los labios, dejó sobre la cama el bolso y pasó al cuarto de baño para terminar de arreglarse.

—No me digas nada amor, ahora me cuentas, tengo que entrar un momento ante el espejo— se justificó ella.

Pepe, volvió al salón, mientras el telediario comen-taba las noticias deportivas. El presentador informaba, de la suspensión del partido del Real Madrid con el Zaragoza, debido a los disturbios acaecidos en el campo, se daba por finalizado con el resultado de empate que tenía cuando se interrumpió. Después informó de la posible no renovación de Johan Cruyff, jugador estrella del Barcelona... pasados unos breves minutos, algo inquieto tras mirar el reloj.

—Silvia ¿ya estás para salir? —le preguntó Pepe en alto.

—Ve abriendo la puerta, cariño —le respondió ella. —Me estoy pintando los labios, nos vamos.

Apagó el televisor, cogió su cartera y el tabaco, caminó hacia la salida, Silvia se miraba por última vez al espejo cuando Pepe paso por la puerta del baño, la esperó en el pasillo y al cruzarse le pellizco el trasero, ella respondió con una protesta agradecida, lo que les confirmó en su complicidad y su deseo.

Salieron juntos, bajaron las escaleras, llegaron a la calle con las últimas claridades, que se agotaban en el anochecer, resquicios de luz revoloteaban por el cielo, recordando al sol que hacía poco se había ido a otra parte.

Tiraron por la calle pureza a la derecha, para llegar al altozano en un breve paseo, allí se abría el paisaje al río, al puente de Triana y Sevilla, envueltos en los claroscuros de la anochecida llegaron a la taberna el Maravilla.

A pesar de ser el mismo local que el del mediodía, otro espíritu lo animaba, ahora dominado casi en exclusiva por jóvenes y adolescentes, todos cabían dentro del exiguo local. Entraron al bar, de pie en la barra estaba Enrique, con su bigote mejicano que lo caracterizaba, hablando con Ana. Pepe saludó a Ana con dos besos en la cara igual que Silvia y un apretón de manos a Enrique, Juani, el camarero, les saludó con ojos cansados y dejando de secar vasos se acercó al lugar de la barra del que tomaban posesión.

—¿Una cerveza? —les preguntó el camarero.

—Que esté fresquita —respondió Pepe—. Aunque la noche no va a ser de calor. —Y mirando a Silvia—, y un tinto con casera para la compañera.

Se volvió hacia la puerta, con el vaso de cerveza en la mano y divisó a Arturo, que se acercaba con Lole por la acera.

La cerveza, entró estupendamente, como Pedro por su casa, devolviendo la tersura a la garganta que había empezado a hacerse notar. Silvia, con su tinto con casera en la mano, hablaba con Enrique y Ana. Se abrió la puerta de la pequeña letrina y apareció Manolo, aún terminando de ajustarse los pantalones y el cinturón, para dejarlo en su posición correcta. Ya estaban los cuatro que habían quedado, se saludaron Manolo y Silvia con dos besos en la cara, Ana siguió pendiente de algo que decía en su charla con Enrique.

Mientras tomaban las bebidas, de pie en la barra del bar, se fue haciendo el grupo que incluía a los cuatro y a Enrique, Arturo y Lole que llegaron, la conversación fue atravesando diversos acontecimientos del día.

Silvia, contó apasionadamente y con su dulce acento caribeño, la huelga en el hospital, la policía en la calle, las amenazas del director a los médico, si no se incorporaban les despedían, ya habían llegado algunas cartas de despido, las discusiones en la asamblea. Se mostró muy orgullosa del resultado de la votación, ganó la huelga por poco, por lo que apostó su partido. Comentó emocionada, que muchos pacientes y familiares les mostraban su apoyo, los animaban a seguir luchando contra la dictadura, e incluso algún jefe de servicio había dicho que estaba con las peticiones de los residentes, por las libertades democráticas.

Pepe, contó lo que le pasó al salir del hospital por la tarde, su detención equivocada que dejó a todos alucinados y más, cuando les explicó cómo se libró de ella a través de su amigo Gumersindo, de nuevo. No comentó nada de su obligada reconciliación formal con el régimen por la mañana, no quiso dar muchos detalles de lo sucedido.

—Nos tiene pillados la secreta, ya os dije que mi amigo el Gumer me dijo que tenían informes de que me reunía con comunistas, y alucinar, sabían que Silvia y yo estamos saliendo, aunque también están pirados diciendo que ella es una espía castrista. —Todo el grupo se sorprendió, se miraron y miraron a Silvia entre incrédulos y extrañados. Siguió Pepe—. Lo he pasado fatal, vaya diíta, primero esta mañana en la comisaría, al ver al jefe de la social, pensé que no salía de allí, que me quedaba en los calabozos sin que nadie supiera que me tenían preso. Por la tarde me han dado con la porra, empujones, insultos y amenazas, sin buscármelo. Hay que tener amigos hasta en el infierno, menos mal que el Gumer, el bolita como le decíamos en el cole, me devolvió los favores que le hice de pequeños y me dejaron libre gracias a él, además de verdad que yo no estaba en esa manifestación.

—¿No serás un agee doble, infiltrado en la oposición al régimen? Es muy raro, eso de entrar detenido y salir de la Gavidia sin ganarte ni un tortazo —le interrumpió Ana.

—No me jodas, vaya susto, bueno vaya dos sustos, primero la detención y después esto de acusarme de que sea un infiltrado de la policía. Lo que me ha pasado yo casi no me lo puedo creer, al Gumer tengo que hacerle un monumento. Oye, no le digáis a nadie esto último Ana, ni de coña, que yo no soy de la pasma y lo sabéis, que van a pensar mal de mí los antifascistas, yo soy un auténtico progre, me conocéis.

Terminó de hablar sonriéndose, riéndose de él mismo, lo que relajo el ambiente y devolvió la palabra al grupo.

Después, derivó la conversación a la noticia que acababa de dar el telediario, la muerte de Monseñor Escrivá de Balaguer, fundador del OPUS DEI. Todos estuvieron de acuerdo, en lo pesados que se iban a poner los miembros de la OBRA que conocían, seguro que les invitan a algún retiro o a rezar el rosario por monseñor. Enrique, apostó a que harían santo, rápidamente, al jefe de esa poderosísima mafia religiosa, que tanto poder civil estaba consiguiendo en el país.

La conversación, también surcó por el tema los saharauis y de Marruecos, que quería quedarse con nuestra colonia del Sahara, y no se quien comentó que Franco le echaría cojones,y mandaría al ejército a defender nuestras posesiones africanas de la rapiña marroquí, todos se mostraron a favor de darle a los saharauis la independencia.

Estaban entretenidos, algunos pidieron una segunda cerveza, salió el tema de la música, un signo de identidad de la juventud respecto a sus mayores, buenísimos grupos de música estaban naciendo, estilos musicales nunca antes creados, fusiones y confusiones musicales, jamás antes escuchadas, como el último disco del grupo Smash, rock y flamenco, se llamaba, "*glorieta de los lotos, oliendo a flores*", inspirado en los paseos por el parque de María Luisa.

Ana, sorprendió a todos por el gran conocimiento musical que demostraba. Les habló con mucha pasión de un nuevo grupo que se llamaba Triana, los había escuchado en un ensayo, demostró ser toda una experta, convocó a todos para ir este verano a un concierto del grupo Goma, que sonaba a rock, flamenco y humo, sonido correinado decía ella, en música estaba a la última…

—Bueno, van a ser las diez vámonos para el cine —comentó de pronto Ana mirando su reloj—. Que empieza ya.

Los cuatro: Ana, Silvia, Manolo y Pepe, se despidieron de los que se quedaron en el bar: Arturo, Lole, Waldo, que había llegado, y Enrique, como siempre perenne. Se marcharon caminando hacia el cine, a unos pasos de allí, cruzando la calle San Jacinto, al principio de la calle Alfarería, de la que el cine tomaba su nombre y recordaba, la importante industria alfarera que tuvo el barrio.

## 20. CINE DE VERANO CON TAPAS

El trayecto fue corto, hasta llegar al cine Alfarería, caminaron de dos en dos, Pepe y Manolo contándose cosas, seguidos de las chicas, Silvia y Ana que se habían caído bien y charlaban animadamente.

Ana, iba vestida con una blusa blanca de estilo ibicenco, el escote en pico abierto insinuaba unos generosos pechos que llamaban la atención en la corta distancia, complementada con una falda larga del mismo estilo que caía hasta los pies, dejando ver unas sandalias de cuero escuetas y elegantes. Silvia, llevaba unos pantalones a rayas azules y blancas, ajustados en la cadera y terminados en campana que hacían sus piernas aún más estilizadas, por arriba su media melena morena rizada, sobre una blusa floreada de tonos blancos azules y rosas, hacía que destacara su porte y su delicado cuello.

Ellos, más parecidos en su vestimenta, ambos con pantalones vaqueros, zapatos de mocasín Pepe, y unos deportivos de tenis azules Manolo, que vestía una camisa de algodón blanca y Pepe una camisa vaquera.

Se detuvieron frente al cine, en la fachada blanca encalada se abría una gran puerta cuadrada, enmarcada por una línea azul añil, encima con grandes letras pintadas en rojo se anunciaba: CINE ALFARERIA. A ambos lados de la puerta, se abrían en la pared dos taquillas, pequeños ventanucos también enmarcados en azul, ante los que se organizaba la pequeña cola. Esperaron, hasta que les llegó el turno y Manolo pidió cuatro entradas.

Había mucha animación, entre los que esperaban la hora de entrar, se encontraba un grupo de chavales de catorce o quince años que no paraban de moverse, mientras miraban descaradamente a tres chicas de su edad, que aferradas al espacio hueco que construían sus miradas en corro, comían pipas interminablemente, escapándoseles de vez en cuando, una mirada a sus admiradores.

Se juntaron los cuatro, frente al carrillo de las chucherías.

—Oye, oye comprar pipas de las grandes de cinco duros eh, no seáis tacaños —reclamó Pepe en tono de broma.

—Sí Pepe llevamos para todos —le contestó Silvia.

Ana, rebuscó con la mirada, en la superficie entretejida del carrito, algo que escoger en el mosaico formado por el amontonamiento de chucherías y pequeños objetos.

Bajo sus ojos, pasaron en unos momentos: las cajas de cerillas; los paquetes de tabaco ducados y fortuna; los chicles de fresa, de menta, de sabor a frutas, individuales envueltos en paquetes coloreados, o amontados en paquetes de cinco chicles alargados y aplanados, gritando su sabor por fuera; los paquetes de pipas de distintos tamaños, anunciando la marca buena, pipas SAIMA, aquella que hace compaña que decía Pepe; el palo du. sacado de la tierra dispuesto para ser mordido; un bote donde se amontonaban revueltas bolas de cristal de colores junto a las opacas bolas de china de diferentes tamaños; los palotes; los paquetes de kikos; de pipas de calabaza; las almendras garrapiñadas; sobrecitos picapica; pequeños y grotescos recipientes de plástico que representaban diminutos animales rellenos de bolitas de anís y ahí no más en una pasada podía verse al gato, al perro, al elefante y una caja registradora con su pequeña manivela inservible; los regaliz; el orazú negro; al lado de ellos los chupa chus pinchados en su ostentosa plataforma mostrando sus cabezotas envueltas en papeles plateados y de colores; un poco a la derecha los pita-gol que solo costaba un duro; también aparecían los caramelos variados, los pistolines, los solano de café con leche; globos multicolores y un sin fin más  de objetos la mayoría  de ellos comestibles que ni la misma Ana con su mirada penetrante y curiosa pudo abarcar en su totalidad.

Fue escogiendo, hasta que quedó satisfecha acompañada de Silvia que detrás también iba haciendo provisiones. Ana se dirigió al kiosquero, un chaval con el pelo moreno y amplio flequillo. que protestaba contra los tupés y las gominas a simple vista.

— ¿Cuánto es esto oiga? —preguntó Ana.

—Enséñeme lo que lleva —le respondió el joven kioskero.

Ana le enseñó sus manos, ocupadas por dos paquetes de chicles uno de fresa y otro de menta, el paquete de fortuna que ya estuvo a punto de meterlo en el bolso y cinco pistolines, cuatro palotes, ante lo que Silvia se acercó también mostrándole sus dos grandes paquetes de pipas y la cuatro barras de orazú negro que había comprado.

—Son veinte, más treinta, cincuenta, más veinticinco y cinco… son 80 pesetas —dijo cerrando la cuenta.

Silvia, se había acercado con el monedero en la mano para pagar, pero Ana se opuso, con su espalda le impedía el acceso al pequeño comerciante y le hizo entrega a este, de una moneda de cien pesetas, sacadas con presteza de su monedero.

—¿No tiene usted un duro suelto? —preguntó el chaval.

—Creo que sí déjeme ver. —Silvia se adelantó, poniéndole el duro en la mano, devolviéndole este la vuelta a Ana en una moneda de cinco duros.

Entraron sin hacer cola, faltaban unos minutos para que empezara la película, quedaban sitios libres en el patio al aire libre, eligieron un velador algo esquinado que les gustó a los cuatro. Estaba cerca del pasillo lateral,alejado de la barra del ambigú, en un lugar discreto. La mesa de madera plegable, con sus cuatro silloncitos dentro de su desvencijado aspecto ofrecían una esperanza de comodidad. Además, observó Pepe, se controlaba a quienes entraban en el cine, todavía tenía metida en su mente la cara del bigotes de la mañana y del secreta que le amenazó en el furgón, no había descartado la idea de que le estuvieran siguiendo.

Se sentaron, el cielo terminó de vaciarse de luz, las estrellas fueron ocupando su lugar, y la luna pequeña y estrecha se hizo presente a la izquierda de la pantalla. Sentados, alrededor de la mesa los cuerpos fueron encontrando la forma de ajustarse confortablemente en las sillas.

—¿A ver qué tal está la peli? —Exclamó Pepe, que ya tenía en sus manos el paquete de pipas del que comía a tremenda velocidad—. Me han dicho que está muy bien, la han rodado en Almería, los de Hollywood.

—No sé cómo la ponen aquí, en el cine de verano,    siendo esta película de estreno —le respondió Silvia.

—Bueno niña, el año pasado vi yo aquí películas estupendas, casi estrenos, verás cómo se llama, esa de... sí el padrino, que yo no lo había visto —contestó Pepe.

—¡Anda! —Exclamó Silvia con sorpresa—. Esto está de pinga, mira donde se han puesto para ver el cine.

Todos se volvieron, hacía donde señalaba Silvia, sobresalían encima de la tapia del cine las copas de los árboles y subidos en las ramas más altas se asomaban al cine lo menos cuatro chavales.

—Y lo ven gratis —continúo diciendo Silvia.

—Recuerdo de chaval en el verano en la playa —intervino Manolo en la conversación—, nos veíamos así todas las noches la película, hasta que un día avisó el dueño a los municipales y tuvimos que salir corriendo del solar de al lado del cine, me doblé el tobillo, que mal lo pasé, acojonado con que me cogieran los guardias.

—Tú siempre tan pupas —le apuntó Pepe.

—Anda que no me cogieron —se defendió Manolo.

—¿Que desean los señores? —La voz del camarero interrumpió la conversación.

—Hombre si es por desear, me trae usted el oro y el moro —le respondió Ana como una gracia.

—Señorita, de eso no tenemos aquí, usted disculpe —contestó el camarero algo cortante.

—Yo quiero un tinto grande —siguió diciendo Silvia, ya en serio.

— ¿Y los demás? —insistió el camarero.

—Nos trae usted, tres tanques de cerveza —dijo Pepe pidiendo confirmación con la mirada a los otros dos, que asintieron con la cabeza.

—¿Alguna tapa desean los señores? —continúo el camarero para completar su comanda.

—¿Que tienen ustedes? —preguntó Pepe.

—Tortilla campera, pavía de merluza y de bacalao, calamares fritos, salchichas, San Jacobo —entonó el camarero su letanía de tapas—, ensaladilla, calamares riojana, pepito de cerdo, menudo, pez espada, chorizo al infierno…

—Me trae usted tortilla. —Le interrumpió Pepe estaba sacando un cigarro del paquete de rubio que se mantenía sobre la mesa.

—A mi ensaladilla —dijo Silvia.

—¿De pescado no tiene usted de otra cosa? —preguntó Ana.

—Adobo, pescada, pavías, calamares fritos —aportó rápidamente el camarero.

—Pues eso, calamares fritos —contestó Ana.

—De eso tiene que ser media ración o entera —aclaró el camarero.

—Pues media, ¿vale? —Y pedía Ana confirmación a los demás que asintieron con gestos.

—A mí me trae también usted un pepito de cerdo —concluyó Manolo.

El camarero, se alejó con su libretilla en la mano terminando de apuntar la comanda, con un gastado lapicero que había salido de su oreja. Pepe, sintió como un escalofrío que le hizo volverse pensando que alguien le estaba observando, pero se tranquilizó había sido una ligera brisa la que le había inquietado.

# 21. UNA PELI DE VAQUEROS

Se apagó, la escasa luz que prestaban algunas farolas, aplicadas en las paredes del patio del cine de verano, los cuatro encajados en sus butacas alrededor del velador, sentados en los extremos Manolo y Pepe con Ana y Silvia en medio, todos absortos, expectantes ante la historia que iba a comenzar.

Se fueron apagando los murmullos, los chavales que ocupaban la última fila de sillas, delante de los veladores, se hicieron notar con sus cuchicheos nerviosos ,después de tirarles un paquete de tabaco arrugado a las tres muchachas aposentadas dos filas más adelante.

Se hizo la luz, en aquella mágica pared blanca, lo que hizo que una pequeña salamandra atravesara rápidamente la esquina superior izquierda, huyendo de la confluencia con la mirada de los espectadores.

La mano de Silvia resbaló por su muslo buscando la de Pepe, que antes de tomarla delicadamente, se secó el sudor de la palma en los vaqueros azules. Por su derecha, le vino olor de hachís y apareció un cigarrillo en la mano de Ana que, tras darle un par de caladas, se desprendió de él pasándoselo a Silvia, que un poco sorprendida sin saber que hacer miró a Pepe, este le indicó con un gesto dale una calada. Silvia no solía fumar hachís, pero lo hizo en esta ocasión, deteniéndose en la operación de llevarse el cigarro a la boca y torpemente aspirar el humo, lo que le produjo un poco de tos. Se lo pasó a Pepe, diciéndole que estaba muy fuerte, este le dio unas caladas y después por encima de la mesa se lo pasó a Manolo.

Mientras tanto, un caballo negro zaino, brillante y sudoroso, atravesaba el desierto de Arizona, transportando a lomos a su jinete, no sabemos si era al bueno, al feo o al malo, cualquiera podía ser. La imagen de libertad en la naturaleza salvaje, que transmitía la escena los incluía a todos y como se le veía cabalgando por detrás, de espalda, no se sabía cuál de ellos era. Un salto de cámara ,mostró en lontananza a un grupo de vaqueros a galope, en un plano lejano que seguía el avance de los caballos a través de la pradera.

Perfectamente integrada, inseparable de la escena, la música de una balada sinfónica filarmónica: ta chin ta chin ta chan, majestuosa, rebotaba entre las altas montañas.

De repente, la idílica escena se interrumpió, aparecieron en primer plano las caras pintadas de los indios, que escondidos en las estribaciones de la montaña, entre las rocas y los arbustos, fijaban con su mirada a caballos y vaqueros, introduciendo una nueva y amenazante dimensión, la del que no sabe que es observado. Un hálito de inquietud se paseó por el patio de butacas. Y, Pepe no pudo más que acordarse de la cara del jefe de Gumersindo, cuando salió a observarle mientras esperaba para el certificado, una mirada que le heló la sangre.

El caballo negro zaino y su caballero, llegaron a un cruce de caminos, se detuvo ante las flechas indicadoras que lo dejaron indeciso: Virginia City 20 millas, Río Amarillo 17 millas, Fresno 84 millas, Dodge City 36 millas.

Paralelamente en otro lugar cercano, dos indios con un gran gorro de plumas, se subieron a lomos de sus caballos sin silla de montar y bajaron raudos cual centellas por una ladera de la montaña, en sus caballos de pelaje moteado en dos o tres colores, siendo seguidos al momento por sus respectivas tribus, que enhiestos los esperaban en la pradera donde se juntaron todos en silencio.

En este entretanto, el siguiente plano nos mostró al caballero que por fin salió de sus dudas y decidió ir hacia Río Amarillo. Pero ¿por qué? se preguntó Pepe y él mismo se contestó, eran tres millas menos que a Virginia City la otra localidad más cercana y con el calor que hacía lo mejor era escoger el camino más corto.

El canuto, que había liado Ana o Manolo, le llegó a Pepe por segunda vez, soltó la mano de Silvia para mirar el canuto al trasluz y con un poco de saliva en su dedo índice, repasó la costura que empezaba a despegarse. Aspiró profundamente en la oscuridad, mientras se perdió en una ola del mar que lo revolcó el año pasado. Notó un estremecimiento a su izquierda, era el camarero, que llegó con su bandeja hábilmente mantenida en posición horizontal, lo que le tranquilizó, no era el del bigote que le persiguió en los grandes almacenes.

—¿Dónde va el tinto? —preguntó el camarero.

—Aquí dijo Manolo. —Señalando el sitio de Silvia.

El camarero, con eficaz rapidez fue depositando uno a uno los cuatro vasos, las tapas y la media ración de calamares fritos.

—Son 110 pesetas. —Resumió sin que le preguntaran.

—Esto lo pago yo —dijo Pepe, mientras detenía a Manolo con la otra mano. Ya había encontrado la cartera y le entregó el dinero al camarero.

—Bueno la copa de después es mía. —Protestó Manolo.

Las chicas, ya mojaban sus labios con la bebida.

Cuando se fue el camarero, levantó Pepe el canuto que había

mantenido discretamente escondido tras la silla, apurando las caladas como queriendo extraer el insondable misterio que escondía, pasándolo a continuación a Manolo que se mostró cuidadoso al recibirlo.

Volvió a arrellanarse en su asiento, mientras los indios, alegres, vivarachos y excitados, con sus pinturas de vivos colores destacando sobre su cara y su piel morena y curtida, atravesaban la pradera que se llenaba de alaridos, siguiendo a un individuo que con su gran melena de plumas blancas y negras les abría paso. Los rostros aguerridos de los indios destacaban en aquella llanura parda. A lo lejos se observaba algo, se estaban acercando a su objetivo no había duda, y la cámara en un salto hacia adelante nos lo mostró y lo vimos todos.

Ella, estaba frente a la ventana de la cocina mientras terminaba de secar la loza con un paño que tenía en su mano, observaba a su marido que fuera en el huerto, encorvado con la azada cavaba en las lechugas, al menos eso le pareció a Pepe, que eran lechugas. Mientras tanto, una preciosa niña rubia del oeste, de unos siete años con su cola de caballo en la cabeza, jugueteaba delante de la casa con un niño churretoso de cuatro años, parecía que era su hermano, que se empeñaba en que una lagartija nadara en el abrevadero de los caballos.

La atmósfera se crispó, ella había visto algo desde su ventana, allí a lo lejos en el camino que llevaba a Dodge city, era una polvareda. Se empinó inquieta, oteando el horizonte, salió a la puerta y nerviosa llamó a su marido.

—Yoni, Yoni. —llamaba Doris a su marido, mostrando gran inquietud en el tono de su voz —. Alguien viene hacia aquí.

Él se incorporó, secándose el sudor de la frente con un arrugado pañuelo a cuadros que se extrajo del bolsillo.

—¿Qué, Doris? —Dijo tranquilizándola—. Deben de traer ganado hacia la hondonada.

—¿Cómo dices? —Contestó Doris sin que le tranquilizara la respuesta de su marido—. Sabes que el ganado del rancho Craufort está muy lejos. Ven, mira.

Se acercó Yoni al porche, subiendo los cinco peldaños que los separaban del suelo y miró, allí a lo lejos se veía la polvareda y empezaban a dibujarse algunas figuras.

—Son los indios —exclamó muy alterado—. Voy a por mí rifle, rápido coge a los niños e iros en la carreta, voy a enganchar los caballos, deberíamos de avisar a Makencie.

—Niños, rápido venir con mamá, nos vamos. —Apremió Doris a sus hijos.

—Pero mamá ¿qué pasa?—preguntó la preciosa niña comenzando a asustarse, mientras tiraba de su hermano que no quería dejar sola a la lagartija en el agua.

Los indios acababan de pararse, los dos encapuchados de gorros grandes de plumas se acercaron a un tercero con un penacho de plumas aun mayor, que parecía ser su gran jefe, con enérgicos gestos le marcó a uno el sitio de la derecha  y al otro el de la izquierda, ambos se volvieron a la vez hacia los guerreros que les seguían y de pronto, comenzó la galopada, una alocada carrera acompañada de terribles gritos de guerra, pero ¡oh sorpresa! dieron un giro a la derecha como si fueran a por otro objetivo, diferente que la casa de Yoni y Doris.

La cerveza, empezaba a perder fuerza, pero hizo que terminase de pasar el pepito de cerdo, que se arrastraba por la garganta de Pepe, ya que le había dado un mor-disco a la tapa de Manolo, dando un salto al llegar a la nuez. En esos instantes, los indios intentaban salir de la pantalla hacia el patio de butacas y se les veía saltar alrededor de la imaginaria cámara, rodeándola de polvo. El grupo de hombres y caballos se detuvo por un momento, en medio de la inmensidad intensa de la pradera, con la casa ya a la vista, pero no era la de Doris y Yoni.

Águila Dorada, que así se llamaba el principal de los indios, se agarraba fuerte con sus contorneadas piernas al lomo de su caballo sin estribo, llevaba en su mano su lanza, adornada con plumas blancas rojas y negras. Se volvió ligeramente hacia los que le seguían y con el simple gesto de levantar su lanza y empinarse aún más sobre su caballo les señaló hacia adelante. El espacio gris de la noche que lo envolvía todo en aquel patio de butacas al aire libre, se llenó de un grito unánime de aquellos sujetos de rostros pintarrajeados, que abriéndose en abanico, continuaron con una carrera desenfrenada por la pradera.

Los indios, se habían encaminado al rancho de los Makencie, ese era su objetivo. Los Makencie, estaban encerrados en su casa, nerviosos y gritones, repartiéndose los rifles y las ventanas. Las mujeres y los niños se amontonaban ateridos en el suelo de la cocina, para protegerse de los disparos, y la abuela Makencie imploraba a su Dios que lo veía todo, hasta aquellos desagradables momentos, para que les protegiera.

Justo cuando los primeros indios saltaban las cercas del rancho, asustando a un pequeño grupo de vacas que pastaban a su derecha, y los Makencie esperaban tensos con el dedo acariciando el gatillo, porque aún estaban a unos trescientos metros los pieles rojas. Cuando todos esperábamos el desenlace de tan desigual combate, sin saber cómo ¡tras!, la raya de abajo de la pantalla dio un salto y se colocó, en medio partiendo por la mitad los cuerpos semidesnudos y hermosos, que botaban sobre  los sudorosos caballos apaches.

Se veían aparecer y desaparecer unas cabezas plumeadas por la parte de abajo de la pantalla, mientras veíamos el pecho de un caballo potente y enérgico que avanzaba hacia nosotros en la parte de arriba, un tremendo desconcierto para el público. Los Makencie se perdieron por el espacio escénico, sin poder aclarar de quien eran los pies y las cabezas, en el hacinamiento de la cocina.

El sonido, se refugió en un chirriar ininteligible y los primeros silbidos y gritos surgieron del patio de butacas...

—¡Padilla, cambia la bobina de la peli, que se acabó este rollo...!

Tras el incidente, que detuvo la imagen un par de minutos, siguió el filme, con la intervención del séptimo de caballería que en el último momento salvó de una masacre a los blancos Makencies. Doris y sus hijos llegaron a Dodge City, sanos y salvos y su marido Yoni mantuvo el huerto a punto, al final la hija de Mackenzie se casó con el Sheriff que vino del hielo, es decir de las montañas rocosas.

Al gran Águila Dorada, que aún se dolía del balazo que le dio un tal Yimi Conors en el hombro derecho, cuando perseguía a la diligencia que llevaba los rifles al pueblo, pues al gran Águila Dorada y a sus congéneres les regalaron unas parcelas en la montaña con un trozo de río y vistas al valle que al parecer les dejó contentos, por como celebraban todos juntos las boda del Sheriff y desde luego también la boda de Cuervo Plateado, el hijo del gran Águila Dorada con Espuma de Alfeizar, sin lugar a dudas la chica más mona del poblado indio.

Y ya al final de todo, cuando se anunciaba el cartel de the end, Silvia se había quedado un poco dormida y Manolo tardó en levantarse de la silla. Ana y Pepe se levantaron los primeros, animadamente hablando del final de la película y de lo injusto que era el destino posterior de los pieles rojas, que fueron masacrados por los gringos y que ahora sobrevivían metidos en unas reservas de mierda y alcoholizados, le comentaba Ana a Pepe que le decía lo había leído en un artículo muy interesante al respecto, en la revista del viejo topo.

# 22. CUBATA ON THE ROCKS

Al salir del cine, ya en la calle, Manolo les recordó que había quedado en invitarles a un cubata, aunque Silvia protestó porque tenía que madrugar, decidieron tomar una última copa camino de casa de Silvia, o la penúltima, acotó Manolo. Ella vivía con dos compañeras junto al hospital donde trabajaba.

Pepe, propuso coger su coche e ir al Bar Avelino, en el Barrio de Heliópolis, después acercaría a cada uno a su casa. No paraba de hacer cálculos mentales, tenía que sacar los papeles secretos de su casa, meterlos en el coche inadvertidamente y hacer el último transporte para devolvérselos a Juan, pasada la medianoche, eran las 23.47, se sentía como una auténtica cenicienta mirando el reloj. Les diría que se le habían olvidado las llaves del coche en casa y así podría subir a por los documentos sin levantar sospechas.

Volvían andando, Pepe les convenció que esperaran un momento en el altozano, mientras subía por las llaves del coche y lo recogía, que estaba aparcado un poco lejos, él lo haría solo todo más rápido. Dejó a los tres charlando animadamente. Era un buen inicio para sus planes, con un poco de suerte encajaría todas las piezas del puzle que tenía delante.

Subió rápido al piso, cogió la bolsa del mueble de la cocina, estaba donde la había dejado. Antes de salir se asomó al balconcillo de la calle Pureza, por si encontraba a un hombre con gabardina, un secreta, vigilando en la esquina, algo absurdo en verano, pero así son las imaginaciones. No observó nada raro, salió del piso bajó las escaleras y llegó a la calle con la bolsa del corte inglés en la mano.

Se dirigió hacia su coche, caminando tenso, intentando demostrar una tranquilidad que no tenía, estaba cerca en la calle Betis. Miró para atrás al doblar la esquina, para comprobar si lo seguía alguien, no había nadie, solo se cruzó con una señora mayor que seguía su camino.

Llegó al coche, se sentó, colocó la bolsa debajo de su asiento y respiró hondo. Mientras giraba la llave de contacto para arrancar el motor volvió a mirar por el retrovisor asegurándose que no había nada extraño, arropado en el interior de su vehículo se sintió algo más seguro.

Desde que Pepe disponía de coche propio, su flamante Citroën dos caballos rojo descapotable, comprado de segunda mano a un colega hacía unos meses, comprado a un colega hacía unos meses, siempre se mostraba dispuesto a hacer de taxista con los amigos y lo ofrecía como transporte colectivo.

Llegó con el coche donde le esperaban sus tres amigos, abrieron sus livianas puertas ocupando sus    asientos. Pepe al volante, Manolo de copiloto, Silvia detrás de Pepe y Ana de Manolo.

Arrancó el coche, en un silencio compartido se confundieron con la ciudad, envuelta por la oscuridad de la noche. Los edificios, con la mayoría de los cristales apagados, las fachadas tintadas de tonos grises y pardos por la noche, avanzaban por la calle Pagés del Corro. El espacio abierto que la ciudad encerraba, estaba alumbrado a trozos, las farolas dejaban charcos de luz, tras la puerta de los bares se apreciaban parches de vida.

Llegaron a la amplia plaza de Cuba, el coche giró a la izquierda para embocar el puente y cruzar el río hacia la puerta de Jerez.

—Este es tu puente familiar, el de san Telmo, que une la tierra de tu madre, Cuba,y la de tu padre, Jerez —le dijo Pepe a Silvia al cruzar el río.

Cogieron a la derecha, el coche comenzó a circular por una impresionante avenida junto al río que al poco se encontraba adornaba de palmeras a ambos lados. Silvia y Ana en el asiento trasero, charlaban sin elevar la voz sobre el guateque celebrado en casa de Arturo hacía pocos días.

—Porque chica, este parece que siempre igual a beber y después que lo aguanten —le decía Ana a Silvia refiriéndose a Gerardo, que ese día armó un buen lío con su pareja—, porque verás Silvia, Pilar es que no aguanta nada, y lo aguanta todo, tú no sé qué hubieras hecho —le dijo queriendo saber su opinión sobre la actitud de la novia de Gerardo.

—Yo Ana, ante un tipo así con más rollo que película, y con esa falta de respeto, tunturuntú, que lo aguantara su madre o sus amigos, me hubiera ido a casa o con alguno más amable y sabrosón, ¿sabes? —le comento Silvia.

—Claro Silvia, pero ella es su novia ¿no? Y por eso lo aguanta.

—Chica, la dominación del macho sobre la hembra no es una premisa humana, no somos animales, no nos toca a nosotras llorar siempre, pues no, Ana yo lo tengo clarísimo, ahí se quedaba y que lo aguante otra, o nadie —respondió taxativa Silvia.

El coche, se detuvo delante de un semáforo que deslumbraba, por su gran ojo abierto, de rojo la avenida bordeada de altas palmeras. Pepe sacó un pitillo, le pidió fuego a Manolo, este aprovechó para encender un canuto que acababa de liar en el coche. A la izquierda, la luz de la noche dejaba entrever la silueta de los altos árboles del parque de María Luisa.

Se escuchó un bocinazo, que hizo a los de la primera fila echar mano a la palanca del cambio de marchas y meter primera, el coche arrancó dando un tirón que fijó un poco más a cada uno en su asiento.

—Pepe ten cuidado —protestó Ana.

—Por ti lo que tú quieras —le contestó Pepe.

—Ya, lo que vosotros queráis, no seas guataca Pepe. —le dijo Silvia sonriéndose.

Siguieron por la larga Avenida, las caladas del canuto le habían hecho efecto, y junto con el que fumaron en el cine le tenía bien colocado, se desplazaba conduciendo despacio disfrutando de la sensación de ser el protagonista de una película policíaca, en este momento sin sentirse perseguido en su fantasía. Llegaron al final de la avenida de la Palmera, tomaron la calle de la derecha que lindaba con el estadio de fútbol del Real Betis Balompié, lo dejaron atrás y pasaron por la puerta de su antiguo colegio, el Claret.

—Cuidado que el padre Venancio puede estar vigilando —exclamó Pepe al pasar—. Jajaja.

Pepe, estaba pendiente del espejo retrovisor en cada giro por si algún coche les perseguía, pero no observó a ninguno extraño. Llegaron a la siguiente plaza, con un giro a la izquierda quedaron junto al Bar donde se dirigían, el Avelino. El coche aparcó al choque del parachoques y los tres viajeros exclamaron al unísono.

—¡Cuidado Pepe ¡

Se quedó detrás, cerrando su portezuela, tras haber subido el cristal y asegurarse que el paquete seguía escondido bajo su asiento, siguió a los otros que ya se acercaban al bar que ocupaba la parcela central de una amplia plaza iluminada, a medias, con una acogedora arboleda.

El edificio del bar, destacaba al fondo y a través de los amplios ventanales se veía en su interior el trajín de    clientes y de camareros detrás de la barra, fuera en el amplio solar a la derecha, unos veladores permitían sentarse disfrutando de la agradable noche que hacía. Manolo preguntó si se sentaban, Ana dijo que mejor de pie ya que Silvia había dicho que tenía prisa y se dirigieron hacia el interior, a la barra sin que se discutiera la decisión. Pepe, miró la hora en su reloj.

Pidieron las bebidas: vodka con naranja Pepe, Silvia una mirinda de naranja ya que estaba pensando en acostarse pronto, Manolo un clásico cubata de ron con coca cola y Ana se apuntó a un gin tonic de Larios. Pagó Manolo con presteza, tal como había prometido al salir del cine.

Pepe, se iba notando colocado con un punto entreverado de hachís y alcohol, una forma de anestesiar las inquietudes, casi se había olvidado de los papeles secretos, también notaba sus apetitos a flor de piel. Le entraron ganas de sentarse al lado de Silvia, cogerla de la mano y acariciarla, disfrutando de su cercanía y su charla. Se estaba poniendo sentimental, buscó una banqueta alta, que ofreció a Silvia que se sentó junto a la barra.

Por un momento, quedaron a solas Ana y Pepe, los otros dos fueron al baño. Notó que ella se le acercó cuando se adelantó para coger su copa de la barra, su pecho le presionó. Él, le sonrió a modo de disculpa, ella le respondió con una mueca ambigua de sus labios, dándole a entender que había sido un propósito más que un azar su movimiento.

Al punto, volvieron Silvia y Manolo y los cuatro en la barra de nuevo, Pepe estaba algo desconcertado cuando cogió a Silvia por la cintura, ofreciéndole la banqueta alta para que se sentase, a continuación le acercó su copa dejando que sus manos se rozasen.

La conversación se fue animando, Pepe sacó el tema del amor, de las relaciones de pareja, bueno del amor físico, quizás el acercamiento de Ana se metió sin darse cuenta en sus pensamientos. Ana, entró al trapo habló de la represión del régimen que llegaba hasta las conciencias y la sexualidad, la represión de la dictadura iba más allá del orden público, su incultura impedía una gestión correcta de los deseos los sentimientos y los apetitos. Citó al psicoanalista Wilhein Reich y como este había demostrado la importancia del orgasmo para la salud.

Silvia, se mostró de acuerdo y puntualizó diciendo que, las mujeres salían más perjudicadas que los varones, incluso en su Cuba socialista, el varón abusaba egoístamente, aquí en España la represión sexual en la mujer llegaba mucho más lejos, casi a la amputación de su sexualidad, producía mujeres anorgásmicas, frígidas. Para ella, la lucha por la liberación de la mujer era inseparable de la lucha por las libertades políticas y la democracia, contra la opresión capitalista-machista.

El tema sexual, resultaba más embarazoso para ellos que para ellas, Pepe y Manolo tenían una visión más simple del asunto, y eso de la liberación de la mujer les inquietaba o no sabían exactamente de qué se trataba, intuían que no era solo tener más relaciones sexuales, con lo que siempre estaban de acuerdo, aunque fuera de boquilla.

Para ellos, el tema era más simple y personal, menos político y social, hablaron de las extranjeras que eran más abiertas al sexo que las españolas, reconocían que seguía socialmente penalizada la mujer con una vida sexual abierta, lo que en cambio era tolerado en el hombre. Afortunadamente las cosas iban cambiando, ellos eran jóvenes y tenían vida sexual sin haberse casado, sus padres y sus mayores habían tenido que estrenarse con prostitutas, en la España Franquista de la postguerra, comentó Manolo.

Ana, les contó una reciente experiencia en un taller de expresión psicodramática, con unos amigos de bellas artes, y lo divertido que lo pasaron. Había unos italianos que tenían una bebida llamada grappa y por la noche salieron todos juntos y aquello resultó explosivo y se montó una orgía, bueno no tanto, un cachondeo erótico francamente divertido.

Manolo, contó sus contactos con unas catalanas que conoció en la comuna hippie de la sierra norte, y el plan que tenía con Pepe de irse este verano a Formentera, a una comuna hippie artesanal a pasar un mes, allí se pagaba con trabajo colectivo.

Silvia, insistía en que la liberación de la mujer pasa por el disfrute de su cuerpo de forma libre y que había que jorobar a los machistas.

En esto estaban hablando, cuando Manolo, que había visto entrar a un amigo se disculpó y se acercó a saludarlo efusivamente. Era su amigo Silvio, un tipo desgarbado con media melena, que empezaba a ser conocido entre la juventud, como un carismático músico rockero. Al volver, les contó riéndose una anécdota, de un día que estaba Silvio tocando la batería en un concierto en los salesianos de Triana, se derrumbó el escenario y él siguió tocando heroicamente, el público se volvió loco aplaudiéndole, ahora era cantante. Ana comentó que había oído hablar de él, pero que no lo había escuchado todavía.

—Jajaja —se reía Manolo, recordando la heroica escena.

Comentó que lo había encontrado triste, al parecer le había dejado su mujer inglesa con su hijo pequeño y con ellos también se fue el parné del que vivía.

La charla, fue saltando a otros temas, intrascendentes, hasta que a partir de la película y los derechos de los indios avasallados, sobre lo que insistía Ana, salió el tema político y se pasó a la situación del país.

Hubo un enfrentamiento, entre Silvia y Ana, Pepe medió, intentando explicarle a Ana sin querer molestarla, que Silvia tenía razón, que los actuales concejales del ayuntamiento de Sevilla no eran democráticos, que por mucho que su tío Paco fuera una muy buena persona no era un concejal democrático, ser buena gente no lo legitimaba para gobernar, formaba parte del apa-rato de la dictadura.

La conversación, subió de tono y Manolo como manera de apaciguarla, propuso pedir otra consumición, momento que Silvia, que se sentía violenta, decidió marcharse.

—Estoy cansadísima y mañana me espera un día a tope ¿me llevas Pepe?—dijo Silvia dirigiéndose a él.

—Claro que sí, vámonos. —La tranquilizó Pepe rápidamente, que volvió a mirar el reloj inquieto, viendo su oportunidad de continuar su plan secreto.

Pepe, la acompañó hasta su casa en el coche, eran las 00.19, las cosas iban cuadrando, no se le había quitado de la cabeza en ningún momento, la entrega que tenía que hacer. Esta era la oportunidad, dejar a Silvia en su casa, y en vez de volver al Bar acercarse a la cita, el lugar no estaba lejos de donde se encontraban.

En el camino, Silvia se fue tranquilizando, se echó sobre el hombro de Pepe y se desahogó mostrándole su preocupación por la jornada de lucha de mañana, la incertidumbre sobre los despidos, y el temor a la policía ya que había quedado muy temprano para meter en el hospital, disimuladamente por la puerta de urgencias, las pancartas y los panfletos y sabía que estarían vigilando.

—Mucho cuidado Silvia, ya te he dicho lo que me pasó esta tarde, y la de secretas que hay por los alrededores, todavía tengo el cuerpo cortado de la cara que le vi a Vicente en la Gavidia y el mal rato en el furgón. —Y se volvió Pepe a darle un beso mientras conducía.

Llegaron a la puerta del bloque, al lado del bar Scott, aparcó en doble fila y bajaron los dos del coche, acompañándola hasta la puerta.

—¿Me invitas a dormir? —le dijo Pepe socarronamente.

—Rema, rema que aquí no pican Pepito, hemos dicho que esta noche cada uno en su piso.

—Pues este beso, me ha hecho cambiar de opinión.

Se acercó, besándola de nuevo, embelesado durante minuto y medio, hasta que Silvia se desprendió aprovechando un ligero mordisco en el labio inferior que le hizo exclamar a Pepe.

—¡cuidado!

Se agarraron de la mano, hasta que Silvia cerró la puerta, y empezando a subir la escalera se volvió para decirle adiós.

—Que te diviertas, llámame mañana, si te apetece chico. —Se despidió Silvia.

—Claro que sí cariño, te llamo y ten mucho cuidado.

# 23. MÁS VALE TARDE QUE NUNCA

Una vez que desapareció Silvia, tras la puerta de su bloque de pisos, Pepe arrancó el coche con rapidez, el reloj marcaba las 00.24. Todo estaba encajando, podía hacer la entrega y volver al bar, ni Silvia ni Manolo se habrían dado cuenta, nadie lo sabría aparte de Juan y él. Tenía el tiempo justo para llegar con el coche hasta la Venta Pilín, con un poco de retraso, pero confiaba que Juan esperaría. Se aseguró de nuevo que tenía el paquete debajo de su asiento, envuelto en la bolsa de plástico.

La curiosidad le había hecho conocer el contenido de los papeles, se saltó la advertencia de su amigo Juan de que mejor no los mirara. Por eso, ahora sentía el riesgo que había corrido y la catástrofe que hubiera sido si la policía los hubiera descubierto, como estuvo a punto de suceder cuando lo detuvieron por la tarde. Se prometió, investigar la etimología de Gumersindo, o consultar la carta astral del 26 de junio del 75, por si ese nombre o la conjunción de los astros tuvieran que ver con el espíritu benefactor que, de tantas fatalidades le había librado en el día de hoy.

Si le hubieran cogido con los papeles, además de caerle una buena tanda de tortazos, seguro que lo torturan, y después lo meten en chirona a él y a todos los que salían en aquellas listas.

Iba conduciendo, por la tranquila avenida de la Raza, buscando el puente levadizo camino de Tablada, volvió a comprobar que los papeles en sus dos carpetas seguían en la bolsa del Corte Inglés bajo su asiento y siguió su camino hacia la Venta. Puso el intermitente a la izquierda y se incorporó al puente levadizo, el puente de hierro, su siguiente paso para llegar. Su reloj digital de pulsera marcaba las 00.31, calculaba que en menos de cinco minutos estaría allí, en la venta.

Mientras conducía automáticamente, recordó la primera actividad política que compartió con Juan. Fue una aventura juvenil, estaban en primero de filosofía recién incorporados a la universidad, fundaron en una noche exaltada un partido político en casa de Juanito, un grupo político de ribetes ácratas y nacionalista en sus formas, una célula libertaria y andalucista cuya existencia no llegó a las 48 horas.

Fueron cuatro los fundadores, ellos dos Juanito y Pepe, su amigo Fali que fue elegido secretario y Juan Carlos el tesorero. El final del grupo coincidió con la detención de su secretario general, en la primera manifestación en que participó, el POAAE, que así se llamó el grupo político: *Partido Obrero Anarquista Andalucista Español*.

Lo que ocurrió fue que, aprovechando una manifestación clandestina de la que tenían noticia por sus contactos en la facultad con militantes de la oposición, decidieron incorporarse al día siguiente al activismo político antidictadura, confeccionaron una pequeña pancarta, pues había que llevarla escondida hasta el lugar en donde se haría el salto, que así se llamaban esas manifestaciones.

El salto, consistía en quedar de forma clandestina, en total secreto, 30 o 40 militantes de diversos partidos antifranquistas, por seguridad la manifestación se convocaba únicamente boca a boca y a personas de plena confianza, y en el sitio y a la hora convenida saltaba uno de los organizadores al medio de la calle gritando las consignas antifranquistas y revolucionarias, los que estaban conjurados esperando de forma disimulada por los alrededores se incorporaban, se sacaban las pancartas, se cortaba el tráfico, se tiraban panfletos y en cinco minutos máximo se volvían a disolver, todos corriendo antes de que llegara la policía.

Pues, en esa primera experiencia de lucha revolucionaria, resultó que debió de haber un chivatazo y la policía secreta estaba al tanto en la zona, las consecuencias fueron que detuvieron a una docena de los manifestantes, entre ellos al Fali secretario general del POAAE, que había portado la primera y única pancarta firmada por el Partido y que decía:

## NO A LA CARA DURA DE LA DICTADURA

## POAAE

Ellos dos, Juan y Pepe escaparon por piernas, y Juan Carlos no llegó a saltar, les dijo había visto a gente muy rara por los alrededores y se piró antes del salto.

Fueron cuatro días sin dormir, hasta que el Fali salió de la Comisaria de la Gavidia bastante desmejorado, les confirmó que le habían dado bastantes guantazos, pero que no tenían ni idea de que ellos fueran del POAAE, ni lo relacionaron con la pancarta. Aunque, si le preguntaron por el partido y le enseñaron la pancarta, se ganó un tortazo porque la primera vez les dijo que no, que el partido que a él le sonaba no era el POAAE sino el PSOE. Creía, que les había convencido al final de los cuatro días de que estaba en la Plaza del Cristo de Burgos, donde fue el salto y su correspondiente corte de tráfico momentáneo, de casualidad.

Cuando pasó aquello, cuando se tranquilizaron, Juan siguió en política y se puso a militar, al secretario general no se le volvió a ver en una manifestación, ni a Juan Carlos del que nada sabían desde entonces. Pepe siguió en actividades políticas, pero no volvió a entrar en ningún partido, eso sí siguió siendo fiel a sus amigos con los que se la había jugado, como lo era Juan, y a sus ideales democráticos que le decían que había que cambiar las reglas por otras más justas y respetar la libertad de lo semejantes, un asunto de filosofía, de ética y de estética.

Había cruzado el río por el puente de hierro, al final de los Remedios, y se dirigió hacia tablada, confiando en que no estuviera la policía esperándolo en busca de los documentos. Después de tantos avatares, que habían sufrido los papeles, en las escasas horas que los había tenido, estaba convencido que estaban protegidos, por lo menos por el manto de la Virgen de la Esperanza trianera. Tenía que ponerle, mañana mismo, un par de velas si todo terminaba bien.

Pepe, había conseguido mantener el secreto de los documentos, nadie de su entorno había conocido que los guardaba, absolutamente nadie, ni Silvia cuando se los llevó por equivocación, además ella mejor que no haya sabido nada ya que militaba en otro partido antifranquista rival.

Llegó a la venta Pilín, rápido sin problemas de tráfico a esas horas, el reloj marcaba las 00.35. Dejó el coche enfrente, algo alejado en el aparcamiento de los trabajadores de CASA, la fábrica de aviones que estaba frente de la venta. Se acercó andando, con la bolsa en la mano intentando transmitir la tranquilidad que no tenía, la oscuridad de la noche le ayudaba y la escasa luz de un par de farolas. Se escuchaban voces en el patio de la venta, donde había dos o tres reuniones bebiendo, comiendo, charlando, riéndose.

Juan el negro, le estaba esperando dentro en el comedor cerrado. A pesar de su juventud, era un destacado dirigente comunista del interior, por su amistad le había confiado a Pepe que incluso conocía personalmente Santiago Carrillo, secretario general del partido Comunista, había estado con él en reuniones clandestinas en Madrid y en Florencia, le desveló que entraba disfrazado a España con una peluca. Pepe, se hartó de reír cuando se lo comentó, no daba crédito, no se imaginaba a Don Santiago, de escaso pelo en las fotos, con una melena a lo Beatles.

Como hemos dicho, la Venta era un lugar discreto que además gozaba de la ventaja de estar aislada, por lo que desde dentro se podía vigilar quien se acercaba. Su amigo Juan, le vio llegar cuando atravesó el aristocrático arco de entrada, le saludó de lejos con la mano invitándole a reunirse con él. Se dieron un abrazo los dos en pie al encontrarse.

—¿Qué tal Pepín? Creí que no venías, estaba a punto de marcharme pensando que te hubiera ocurrido algo —le saludó Juan bastante inquieto, aunque aliviado al verle.

—Un abrazo Juanito —le contestó Pepe mientras le palmeaba la espalda—. Es que he tenido que darles esquinazo a unos amigos con los que estaba, para no decirles que había quedado contigo.

Pepe, pidió una coca cola, acompañando a Juan que ya tomaba un refresco. A Juan se le notaba muy tenso, lo primero que hizo fue preguntarle si había notado algo raro al venir o si le habían seguido, después abrió la bolsa y se aseguró que había traído todos los documentos. Pepe le tranquilizó, diciéndole que no, que no había notado nada extraño ni le había seguido nadie, se había asegurado bien y había dejado el coche lejos por si lo tenían fichado y que en el paquete venían todos los papeles tal como él se los entregó.

Se debió de poner un poco colorado, disimulado por la poca luz, pues mientras le decía esto para tranquilizar a su amigo, se le vinieron todas las escenas y los malos ratos con los papeles, que en vez de haber estado bien escondidos se habían dado una vuelta hasta por la comisaria a la vista de la policía secreta, de la mismísima brigada político-social. Se había prometido a sí mismo, que el ridículo tan tremendo que había hecho nunca lo sabría nadie, claro está excepto Pepe y ustedes los lectores. No sabemos si más adelante, a toro pasado, podría aliviarse Pepe del peso de este secreto y compartirlo, pero ahora mismo había decidido que eso quedaría para él, ni Silvia, ni Juan conocerían los pormenores de lo ocurrido.

Mientras se tomaban las consumiciones, y una tapa de ensaladilla que pidió Pepe, Juan le confió sus preocupaciones. Creía, que en el partido había un topo, un traidor, la policía estaba deteniendo a miembros de la dirección selectivamente, no encontraban otra explicación que un chivatazo. Habían detenido y torturado al comisario de organización del comité regional, perdió parte de la dentadura y un oído, pero sabían que no consiguieron hacerle hablar. La policía le había preguntado por datos y militantes que solo podían conocer porque un traidor se los hubiera filtrado, un grupo contrarrevolucionario que estaba trabajando en contra del partido, que pasaba información selectiva a la policía.

En esos documentos, había informes que podían descubrirlos, incluso había participado en la investigación un agente de la KGB, oculto en la representación comercial de la URSS en Madrid, ya que no había embajada, y esto no lo sabía nadie era un secreto incluso dentro del comité central del partido.

Juan le confió, muy preocupado, que creía que le estaba siguiendo la secreta, estaba convencido que el teléfono lo tenía pinchado, había notado que lo estaban vigilando, hoy había caído el responsable del aparato de propaganda del comité provincial y el responsable de finanzas del que se sospechaba podía ser el topo estaba en paradero desconocido, al mediodía habían detenido a dos obreros de Landys del comité provincial y se temía que siguieran las detenciones. Por lo que le contaba, Pepe dedujo que Juan debía estar metido en el comité central del partido por lo menos. Le confió, que hoy no iba a dormir en su casa, en unos días, que no lo llamara ni intentara ponerse en contacto con él.

Pepe le comentó como había visto, esta mañana, en la comisaría de la Gavidia a Vicente de medicina, lo que alteró muchísimo a Juan que le respondió.

—Mejor que te vayas ya, además es muy tarde, ahora he quedado aquí con dos camaradas que mejor no los conozcas, si te detienen mientras menos sepas mejor.

—No mientes ruina, Juan, anímate un poco, que estos fascistas no se saldrán con la suya,y les queda poco, y estate tranquilo porque a mí, hoy, no hay Dios que me detenga.

Pepe no le quiso decir que había ojeado los documentos y que con lo que había visto le parecía que sí, que el partido tenía más enemigos que la policía franquista, que seguro tenían traidores dentro del partido, no quiso ahondar en sus preocupaciones.

Así pues, se despidieron con un apretón de mano, un fuerte abrazo y un muy agradecido por parte de Juan. A Pepe, solo le salió decirle con la boca chica, no te preocupes, cuando te haga falta ya sabes que me tienes, quedando la bolsa con los documentos en el suelo junto a Juanito. Pepe, salió pitando, al galope, metafóricamente, en su dos caballos, con una sensación de alivio que se agrandaba según se alejaba del lugar. Sentado en el coche abrió la ventanilla para que corriera el aire y se imaginó pidiendo un último cubata, antes de irse a dormir.

## 24. SENSACIONES, SENTIMIENTOS Y DESEOS

El viaje de vuelta de la venta Pilín, lo hizo muy aliviado, se había sacado los peligrosos documentos secretos de encima, ya los tenía su dueño, su amigo Juan, sin ningún problema. Bueno, lo de sin problemas, le hizo esbozar una sonrisa pensando de la que se había librado, poco había faltado para terminar en chirona él y medio partido comunista.

Decidió que sí, en acción de gracias le pondría las dos velas a la Virgen de la Esperanza de Triana, le cogía al lado de su casa, como hemos dicho, él era religiosamente ateo, había que ser agradecido. Volvió alegre y despreocupado en el coche, hasta el bar donde Manolo y Ana estaban esperándolo.

Cuando llegó, encontró que se había ampliado el grupo con otros amigos, estaban en la puerta del bar charlando. Pidió la copa que había imaginado, un gin tonic de ginebra inglesa, y ya tomando el fresco de la noche sentados en la plaza le pasaron otro canuto. Estaba Genaro que vivía por allí, contó chistes de curas, sobre el Opus Dei subidos de tono y todos rieron, Pilar su novia ya se había recogido. Ana volvió a acercarse a Pepe, sin querer dio un traspiés delante de él y calló encima. En esta ocasión, se disculpó, no le pareció que hubiera habido intención de comprometerlo, pero se sintió algo violento. Manolo, estaba muy animado y en un aparte seguía fumando porros con Genaro y otro descojonándose de risa.

Llegó la hora de recogerse, eran cerca de las dos de la madrugada cuando se levantó la reunión y cogieron el coche. Pepe, dejó primero a Manolo en su casa al lado del Parque de María Luisa muy cerca de donde vivían sus padres, en su antiguo barrio y se despidieron.

—Bueno tío, vaya colocón que llevas, ten cuidado con la escalera —le dijo Pepe, mientras se lo imaginaba abriendo la puerta del piso.

—No es para tanto —le respondió Manolo—. Bueno hablamos, buenas noches y se dieron un apretón de manos y una palmada en la espalda.

Ana, se despidió de Manolo, los dos de pie junto al coche con un beso y un hasta mañana.

Quedó solo en el coche, con Ana sentada en el asiento del copiloto junto a él, iban al barrio de los Remedios donde ella vivía, en la calle Asunción, les quedaba un breve trayecto juntos, hasta llegar a casa de Ana y después muy cerca en Triana su casa, y fin de trayecto.

Pepe, conducía muy pendiente de la circulación, no estaba en plenas facultades y lo sabía. Ana, tomó la iniciativa en la conversación, le comentó que se les veía muy bien a Silvia y a él, hacían muy buena pareja. Ella,conocía la historia de su anterior noviazgo con Virginia, habían sido compañeras de colegio y amigas, le comentó que hacía un par de años que se alejaron y no la veía. Pepe, le respondió que estaba muy a gusto con Silvia, aunque hacía poco que salían les iba muy bien, y que desde luego tenía mejor carácter que su ex-amiga.

Le explicó, que tenían una relación abierta, querían que no fuera absorbente ni exclusiva, Silvia no quería sentirse acaparada, estaba comprometida sobre todo con el partido, la causa de la revolución, la liberación del proletariado y de la mujer.

A Pepe, se le soltaba la lengua con el engrase espirituoso que tenían sus neuronas, tras las copas, los canutos y la relajación de haber soltado los peligrosos documentos secretos.

—Oye, pues que bien, también Manolo y yo estamos muy contentos, somos más que amigos, hace dos semanas que empezamos a salir y ni una discusión, los dos estamos por el amor libre y lo pasamos muy bien juntos. A Virginia hace tiempo que dejé de verla, desde una putada que me hizo en un asunto de dinero. —Ana le respondió en tono de confidencias—. Estabais saliendo todavía cuando deje de verla, ¿no te dijo nada? Fíjate cuando empezasteis a salir, yo le decía a ella que no te merecía.

—Que no me quería, diría yo, —intervino Pepe, que continuaba abstraído conduciendo— a lo mejor no es capaz de querer a nadie, solo se quiere a ella.

—Pepe, que bien estoy aquí hablando contigo, en el coche, las dos copitas y el join me han puesto alegre, ¿nos tomamos la última?—le sugirió Ana muy animada.

—Ana, yo estoy cargaito y no quiero pasarme —contestó a su oferta algo incomodó— estoy cansado y además me sabe a mal, qué diría Manolo que no le hayamos invitado a seguir.

—Manolo es un chico estupendo, alucinante, comprensivo, —quiso tranquilizar a Pepe, estar con ella a solas no era una traición a su amigo—. Me dice siempre que hay que aprovechar las oportunidades, disfrutar, es un hedonista comprometido y muy divertido.

En ese momento, la mano de Ana se deslizó sobre la pierna de Pepe que indefenso tenía las suyas ocupadas en la conducción.

—Ana, estate quieta, por favor —le dijo en tono severo, y le retiró decidido la mano—, si despiertas el salvaje que hay en mí, podría responder de mis actos hasta tres o cuatro veces en toda la noche, ja,ja,ja —terminó sonriéndose.

—Pues eso quiero, descubrir a ese salvaje, conocerlo —continúo ella seductora y algo mareada.

Ana, con la larga falda subida dejaba a la vista una de sus rodillas, Pepe puso su mano sobre su rodilla, queriendo mostrarle que su rechazo era a su atrevimiento, no a ella con la que se sentía cómodo charlando mientras conducía, le respondió.

—Anita que no puede ser, nuestro momento pasó, fue lo menos hace cuatro años —continúo él en tono amable—. ¿Te acuerdas de aquella noche en que nos conocimos en la fiesta de fin de curso del Colegio de Santa Ana? Recuerdo que llegamos a bailar muy agarrados aquella canción "cheek to cheek", mejilla con mejilla. También estaba tu amiga Virginia, aunque ese día casi no hablé con ella, fue después que seguimos saliendo en pandilla que me lanzó el guante y yo se lo cogí desafortunadamente.

En esto, habían llegado a la puerta de la casa de Ana, aparcó un poco más adelante a la vuelta de la esquina, puso el coche en punto muerto y apagó el motor. Ella, no hizo nada por salir, desmadejada y soñolienta en el asiento de al lado.

La miró Pepe, le inundó un sentimiento de ternura, la incómoda excitación que le había producido, la beligerancia provocadora de ella hacia él hacia un rato, desapareció, comprendió que la seductora iniciativa sexual de Ana, en realidad era una manera de esconderse, de defenderse. Deseaba sentirse querida, apreciada, reconocida en sus anhelos y sus angustias, en realidad evitaba compartir un deseo sexual, pretendía provocarlo en el otro para vencerlo, mirándolo por encima del hombro.

Sin darse cuenta, sin poder evitarlo, el sentimiento se hizo movimiento, facilitado por el engrasamiento de las sinapsis neuronales producido por el hachís y las copas, cogió delicadamente la cabeza despeinada de Ana, que miraba ausente, la atrajo hacia él y le acarició su larga melena. Ana, abrió los ojos y se acercó a Pepe mirándolo enternecida, mientras se confortaba con la cariñosa caricia de su pelo, dos lágrimas rodaron por su mejilla.

—Oye, Pepe, acabo de recordar que nos besamos aquella noche, —le dijo Ana, dando un suspiro—, mientras bailamos aquella romántica pieza, al final en los últimos compases, después desapareciste, te fuiste de pronto sin que nos despidiéramos. Siempre pensé que te acojonaste cuando bailamos tan achuchados y supiste que noté que estabas muy excitado, la tenías muy dura, se abultaba el pantalón.

—La ostia, es verdad, ahora lo recuerdo —le replicó Pepe, que ahora no se mostraba asustado—. Me debió de dar vergüenza. Esta noche me has desconcertado con tu acercamiento, me he sentido intimidado por una parte y por otra halagado, me has hecho volver a sentirme deseante y temeroso a la vez, quizás como aquel día.

Siguieron sentados, uno al lado del otro en un breve silencio, que fue interrumpido por Ana.

—Pepe, es que me quedaron las ganas de tener un buen rollito contigo. Esta conversación me hacía falta, y sobre todo saber que te agrado. —Se relajó Ana en el     asiento, se separó de él echándose hacia su puerta para mirarlo algo más alejada, con perspectiva—. Estoy pasando una mala racha, estoy chunga, mi madre se ha puesto mala de los nervios, porque mi padre se ha ido de casa. Me siento tan abandonada, que necesito sentir que alguien me quiere y lo confundo con tirarme tíos, es bastante fácil, aunque no siempre es divertido.

—¿Con mi amigo Manolo estás haciendo eso? —le preguntó Pepe inquieto.

—Con Manolo está siendo otra cosa, no conseguí tirármelo el primer día, y eso que me gustó, me besó de una forma tan delicada y profunda que nos quedamos explorando esa perfecta sensación inagotable que me dejó enganchada. Manolo, es el hombre que mejor me ha besado, lo que está naciendo con él es algo más profundo, nos amamos y nos divertimos mucho, nos gusta fumar canutos a los dos, para gozarlos, todos los días juntos y no me aburro con él, tu amigo me entiende. Lo de esta noche contigo, ¿no sé por qué ha ocurrido? Quizás quedó un deseo reprimido, como una asignatura pendiente, ya que te fuiste con Virginia y no conmigo después de aquel primer encuentro.

—Bueno Ana, disculpa si te he molestado en algo, no entendía bien lo que estaba pasando —se justificó Pepe— un segundo antes de acariciarte el pelo no sabía que iba a hacerlo, pero te agradezco que lo hayas aceptado y apreciado como señal de amistad, que hemos podido confiarnos y hablar sin confundirnos.

—Pasemos a otra cosa, —le contestó Ana— Silvia me cae bien y no quisiera hacerle daño a ella, tampoco a ti, ni a Manolo.

Se produjo un minuto de silencio, en que Pepe se quedó mirando al infinito mientras Ana lo miraba al trasluz. Volvieron a mirarse a los ojos.

—Ya te he dicho que Silvia es todo para mí, una relación abierta y sincera, entre nosotros hay confianza. Este rato contigo, me ha hecho sentir tu belleza y tu generosidad, —le dijo Pepe mientras se incorporaba y agarraba el volante—. Pero óyeme, Manolo está contento contigo, se lo noto, no lo traiciones, quiérelo que es un tipo bueno de verdad.

—Claro que sí, chao Pepe, gracias por traerme y por comprenderme, tampoco te confundas por mi comportamiento de hoy. Era una charla que nos debíamos, dale un beso a Silvia de mi parte.

—Venga Ana, bien esta lo que bien acaba, nos vemos, y a mi Manolo no me lo jorobes, me lo cuidas. —le dijo sonriendo, mientras se despidieron con un beso en la mejilla.

—Nos vemos —se despidió Ana.

Siguió, ya solo en el coche, por la calle Asunción hasta la plaza de Cuba, que atravesó buscando junto al río la calle Betis. Viajaba con la ventana abierta y el codo apoyado en la puerta, la estrecha calle dejaba a su izquierda el caserío bajo del barrio y a la derecha el amplio cauce del río con los altos edificios de la ciudad al fondo, las farolas creaban islotes de luz alternándose en uno y otro lado, iluminando pálidamente el coche cuando los atravesaba.

Recordó con deseo a Silvia, sentada hacia un rato en el asiento de al lado apoyada en su hombro, vulnerable refugiada en su protección y su cariño, después recordó con ternura la conversación con Ana, le sabia a cierre de un capítulo, de una asignatura pendiente que podía dejar atrás. Pensó seriamente, esto de las relaciones de pareja abiertas y el amor libre, en comparación con el noviazgo formal es una forma de complicarse la vida.

Se acercaba a la mitad de la calle, la puerta de la comisaría del barrio le sacó de sus pensamientos, como siempre que pasaba dobló la cabeza para mirar. Por la puerta entreabierta se recortaba la silueta de un policía, con su uniforme gris y la ametralladora recostada en la cintura, miraba hacia adentro ocupado en cualquier conversación rutinaria.

Un coche, se encontraba detenido un poco más adelante, obstruyendo la estrecha calzada, redujo la marcha, apoyó el pie derecho sobre el pedal de freno preparado para pisarlo. Hizo el cambio de luces cuando ya se detenía detrás, iluminando la escena de una pareja, ella con la puerta entreabierta, sin salir aún de su asiento se unía en un prolongado beso al conductor. El cambio de luces consiguió acortar el beso y que la chica volviera la cabeza, mirando en dirección al coche que se detenía tras de ellos, deslumbrada por la luz seguro que no divisó al ocupante.

Pepe, retuvo por un momento la silueta, una melena de pelo rubio teñido y largo que le caía sobre los hombros, una cara ovalada con ojos grandes que se volvieron hacia el conductor para darle un último beso de despedida.

¡No daba crédito! Virginia, su exnovia y estaba con Raúl, en su Seat 850 coupé de color azul brillante descapotado, ¡por Dios! jamás se la habría imaginado con ese tipo.

Una desazón punzante, se le vino al pecho, pegó un bocinazo para descargarlo, después un repetido cambio de luces en señal de protesta. La pareja del coche terminó su despedida y se escuchó un portazo, la chica marchó hacía una bocacalle donde parecía le estaban esperando, a la puerta de un bar y el coche se puso en marcha dejando el paso libre.

Quedó obnubilado por la escena que había visto, siguió conduciendo automáticamente, estaba junto a su casa.

Tuvo suerte con el aparcamiento que encontró muy cerca de su casa, en una acera de la iglesia de Santa Ana, llegó nervioso a la puerta de la calle, abrió y subió rápido las escaleras. Una vez arriba, frente a su puerta, rebuscó el llavero en el bolsillo del pantalón, lo sacó firmemente agarrado e introdujo la llave en la cerradura, insistió hasta que encontró el hueco justo por el que giró la llave y abrió la puerta con un ligero chirrido de sus goznes.

Al entrar apareció, ante sus ojos nebulosos, iluminado por el haz de luz que penetraba por la puerta abierta, su imagen reflejada en el espejo de la entrada, la misma que encontraba tantas madrugadas y se detuvo, como otras veces, a preguntar ritualmente al espejo en un murmullo:

—Espejito, espejito mágico ¿quién es el más bonito o.... el más imbécil de la ciudad? —eso es lo que le salió esa noche.

—Sin lugar a dudas tú, Pepín García —le contestó, o se contestó a sí mismo, aquel vetusto espejo ovalado, con marco de madera adornado con cuatro ligeras volutas en sus esquinas.

La respuesta, no le sacó de la duda de si era bonito o imbécil o si ambas cosas a la vez. pero hizo que pasara, para caer desplomado en la cama, con la soledad sometida, por los cubatas y los cigarros con los amigos.

Le quedaba un rescoldo del dolor, que había sentido cuando vio a Virginia con Raúl, un vacilón, un tío chuleta, del que ella le decía en su momento, ese es un niñato que lo único que vacila es de pasta: Pepe, tú en cambio tienes ideales.

Ideales, idealizaciones, que se resintieron con el palo que se llevó. Cuando terminó su noviazgo, buscó consuelo en la lectura y el estudio de la filosofía del amor, escogió el libro de Eric From el arte de Amar, miró el índice y decidido empezó por el capítulo titulado: la práctica del amor. Tenía dispuesto su lápiz rojo para subrayar, pero se quedó atascado en las primeras palabras. Comenzaba diciendo, que no había fórmulas, que cada uno tenía que encontrar la suya. Con este mensaje, se le pasó la urgencia de leerlo y bajó rápidamente al bar, a tomarse tres cervezas a ver si se le ocurría la fórmula uno.

Algo le consoló, recordar la reciente charla con Ana, desinteresada, honesta en su espontanea naturalidad. Situación que parecía confirmar que era posible eso de que hablando se entiende la gente.

Entró Silvia en su pensamiento, se sentía ilusionado, con ella tenía momentos de amor embriagador, pero también miedo a engañarse o que le engañaran. Recordó el amor mañanero, no había sido una mentira, estaba convencido de su amor compartido y de su entrega admirada hacia ella, lo que necesitaba. Volvió a sentirla, a sentir como ella lo dejó perdido en un dulce vaivén, esta mañana, cuando encontró en su boca el lugar preciso que desvela que estamos hechos de dos mitades, el frenillo que bajo la lengua indica el eje de nuestros dos hemisferios, y lo cimbreó levemente con la punta de su lengua, derecha, izquierda, produciéndole ese dulce vaivén, que acababa de recuperar.

Con ella se sentía libre, también ella lo era y lo dejaba claro, no quería exclusividades, pero la sentía suya. Se dejaba guiar por ella en los momentos de entrega amo-rosa, cuando un sentimiento mágico surgía entre ellos que los convertía en felices cómplices, una magia que hacía que permanecieran unidos, aunque ella desapareciera sin marcharse, o él apareciera sin haberse ido, bastaba una frase ingeniosa que les hacía sonreír o un pellizco o una caricia atrevida para que disfrutaran en una feliz y confiada compañía.

Vaya lío, se pensó desde el hedonismo peripatético y circunstancial que pretendía ejercer, lo que le había ocurrido hoy, y estaba resolviendo, se parecía a un crucigrama del que había ido conociendo las casillas, las letras y las palabras, pero le faltaban las preguntas, las definiciones, que le habían llevado a esas respuestas.

Se incorporó de la cama, fue hacia el mirador, sin más propósito que apoyarse en el marco de madera y dejar caer su mirada por el conocido paisaje al que la noche llenaba de insinuaciones. Al pasar por el salón, se cruzó con la fotografía por la que asomaba el mar, en una puesta de sol. Se sintió sobrecogido, ante la inmensidad y la incertidumbre del desconocido destino, igual que con cinco años se sintió anonadado en el faro de Chipiona ante la fuerza y la inmensidad del mar que rompía saltando la muralla.

Estaba listo para desaparecer en el sueño, el cuerpo solo le pedía desmadejarse y sentirse acariciado por el aire que empezaba a correr, trayendo algo del frescor del río. Volvió sobre sus pasos y se sentó en el sofá, tras pasar por la cocina en busca de agua de la nevera.

# 25. ON THE GRASS

Pepe García, no era aficionado al güisqui ni a las copas, por la noche en casa, sustituía el "on de rocks", por el "on de grass". Se dirigió al mueble bar, con su fondo de espejo, y sacó de detrás de las escasas botellas, la cajita de los porros.

Se sentó ante la mesa baja del salón, puso encima la cajita, pequeño baúl de madera con un aplique de estaño sobre la tapadera, tallado de filigrana cordobesa, al estilo de las mil y una noches. En su interior, el chocolate, como le gustaba llamarle, y los papeles de fumar.

Sacó del bolsillo, su paquete de tabaco rubio "fortuna" y un pequeño mechero de gas. Los mecheros, eran estrellas fugaces frustradas, nunca llegaban a su final porque se les agotase el gas, desaparecían antes sin saber su destino.

Lo juntó todo sobre la mesa, la caja, el mechero y el tabaco.

Estaba cansado, final del día, vaya inicio de vacaciones que había tenido, un día muy intenso.

Las imágenes del día pasaron fugazmente por su mente. Un maravilloso principio con el amor a Silvia donde le sonrió el alma, después el mal rato del certificado en la comisaria, a continuación se relajó con la cerveza en el Maravilla. El almuerzo y la pequeña siesta le supieron bien, pero por la tarde, la cosa se puso peor, perdió los papeles, afortunadamente los encontró con Silvia, le jorobaron bien con la detención y por los pelos se salvó él y el comité central del PC, y tenía que agradecérselo a Gumer el bolita, un policía secreta anticomunista, que paradojas tiene el destino. El fin de fiesta, no estuvo mal, disfrutó de la peli de vaqueros y la velada con Silvia y los amigos, devolvió por fin los documentos secretos y el último remate, lo había superado. No le había quitado el sueño, la charla con Ana y el resquemor reavivado de las mentiras de su ex, se había repuesto pensando en su amada Silvia.

Uf, carpe diem, se dijo a sí mismo muy pomposo, y se dispuso a cerrar el día disfrutando de uno de sus momentos preferidos. La jornada terminada, la cama cerca, ningún compromiso pendiente, todo en silencio, y los avíos de liarse un join que terminara de asentarle en sus adentros, dándole vuelos y libertad a sus ensueños.

Abrió la cajita y apareció dentro la piedra de hachís, verde oscura y brillante rodaja semicircular, media luna envuelta en papel de celofán a la que faltaba el extremo de uno de sus cuernos, irregularmente pellizcado. Debajo de ella los papelillos de fumar en una elegante carpetilla roja de cartón fino, cuadrada, que mostraba en su portada en estilizadas letras doradas, las palabras "*smoking, papel de arroz, desde 1879*".

Sacó la piedra de chocolate, la desenvolvió y la puso sobre la revista el Ajoblanco, extendida sobre la mesa, todo estaba ordenado delante de él, las cuatro cosas necesarias para liarse un porro: tabaco, mechero, hachís y papelillos. Tras darle un nuevo buche al vaso de agua, se dispuso parsimoniosamente a liarse el canuto.

No siempre fueron las cosas así, antes eran cinco los elementos que necesitaba para hacerlo, también necesitaba el cartón para el filtro. Recientemente, había apostado por el filtro de tabaco, sacándolo del cigarrillo, así se ahorraba uno de los elementos.

Sacó un cigarro del paquete, cortó por la punta un cilindro de unos dos centímetros, lo puso sobre la revista, ya estaba el filtro hecho. La decisión de hacer los filtros de tabaco, vino este último año junto a otras, irse a vivir solo, cruzar el río hacia Triana, en busca de una economía ética presidida por la estética, coincidía con esta búsqueda de lo esencial sobre las pamplinas.

Antes, para un filtro utilizaba los cartones interiores de los paquetes de tabaco duro, las tarjetas de visita o los billetes del metro de Madrid, muy adecuados y de los que presumía a la vuelta de alguno de sus viajes a la capital de España. El actual filtro de tabaco, además tenía la virtud de conseguir que un canuto bien hecho fuera idéntico a los cigarros sin filtro, a los celtas o los ideales con los que empezó a fumar de chaval.

Continuó con su labor, mezclar el hachís con el tabaco. Cogió el cigarro con la punta mocha, pasó su lengua a lo largo dibujando un camino de saliva por el que se fue abriendo dócilmente el cigarro, liberándose el tabaco de su estuche de papel, desmoronándose sobre la superficie satinada de la revista que le servía de base de operaciones. Removió el tabaco con los dedos, amontonándolo, rompiendo la masa alargada de hebras entrelazadas que había caído.

A continuación, cogió la piedra de hachís entre el índice y el pulgar de su mano izquierda y con el mechero en la otra mano aplicó fuego a uno de sus cuernos. Una pequeña llama se mantuvo al retirar el fuego, la apagó con un leve soplido. Pellizcó un trozo del hachís, humeante y blando y lo puso encima del montón de tabaco.

Empezó a hacer la mezcla, estrujando el hachís con sus dedos, mezclándolo con las hebras del tabaco, rompiendo las pequeñas piedras en que se iba desgranando. Quedó algún grano gordo, que le costó desmenuzar, tuvo que usar el enérgico pellizco de uña, con cuidado de que no se derramara la mezcla.

Al fin, estaba hecha la parte más laboriosa, la mezcla, lo que quedaba era más de habilidad, ahí se veían las destrezas de cada uno.

Extrajo un papelillo de fumar, y lo dejó a la vista. Amontonó el tabaco mezclado, al borde de la revista, lo empujó con los dedos hacia la palma de su mano izquierda, que esperaba debajo como una cuna acogedora. Con el montón en la palma de su mano, lo dispuso de manera alargada, reunió las briznas que quedaban en las comisuras entre los dedos.

Ahora, tenía que meter al pájaro en la red, el costo dentro del papelillo, esta era la operación más delicada. Colocó, encima del montón de tabaco en la palma de su mano izquierda, el papel de fumar a lo largo, con el lado engomado mirando hacia abajo y hacia él. Después puso su mano derecha encima, a modo de un bocadillo, y dio la vuelta a todo el artilugio. Quedó la mano derecha abajo y al levantar la otra, la mezcla estaba sobre el papel extendido en la palma de su mano.

Cogió el papel con el tabaco, lo estiró, amasándolo, acunándolo con los dedos, cuidando que la mezcla no se saliera del perímetro blanco del papel, le dio forma combada, enrollándolo hasta hacer un canuto abierto, distribuyendo regularmente a lo largo los pequeños granos mezclados con el tabaco.

Puso el filtro de tabaco, en el extremo izquierdo del papel, remetió las hebras que sobresalían por el otro extremo y fue enrollando el papel con la mezcla, haciendo el rodillo en un juego de pulgares y dedos índices, terminó de enrollar el conjunto delicadamente, construyendo un cigarrillo, del que únicamente sobresalía a lo largo el borde del papel engomado mirándole de frente.

Se acercó el cigarrillo a la boca, como si fuera a tocar la armónica, sacó la lengua, lo suficiente para que se paseara por el borde engomado y lo humedeciera, terminando a continuación de envolver el papelillo, que quedó pegado y repasó con el dedo por la línea mojada para asegurarse que quedaba bien ajustado, formando un cigarrillo perfecto.

Terminado el porro, lo encendió y aspiró profundamente. El humo le raspó ligeramente en la garganta, notó como llegaba más abajo por su laringe, hasta el punto de inquietarlo, pero pasó rápidamente esta desazón y apareció una dulce y conocida sensación que lo reconfortaba por dentro, a la vez que le producía un pequeño mareíto.

Dejó el cigarro sostenido indolentemente entre los labios, mientras se recostaba en su sillón orejero cómodamente y soltaba su imaginación, que fue saltando entre colores, sonidos y formas, por las sensaciones vividas en su jornada. Acabó el cigarro y al poco tiempo no se acordó de nada.

Eran la 2.57 de la madrugada, en el radio reloj que impasible continuaba consumiendo los minutos, uno tras otro, cuando Pepe García, que había encontrado un breve primer sueño en su sillón de orejas, se levantó a trompicones, medio despierto, medio dormido y llegó a su dormitorio. Se desnudó a oscuras, se tumbó en la cama, apoyándose en el cojín que hacía de almohada, pulsó las teclas del radioreloj que quedó encendido con un volumen olvidado que rellenaba la noche.

Con los ojos cerrados, veía las sonoras imágenes de unos fuegos artificiales, mientras la radio, como una leve letanía de fondo, introducía los acordes de una canción de los Rolling Stones que se metió en su cerebro por simpatía.

I can't get no….. Satisfaction
I can't get no….. Satisfaction
Cause I try and I tray and I tray and I tray
I can't get no, I can't get no[1]

Y cuando sonaban los últimos compases, a pesar que la canción insistía en que no podía conseguirlo, Pepe García, como siempre sin darse cuenta, se quedó profundamente dormido.

---

[1]

No consigo ... estar a gusto
No consigo ... estar a gusto
aunque lo intento y lo intento y lo intento y lo intento
No consigo estar a gusto, no lo consigo

# 26. LA VIDA ES SUEÑO/EL SUEÑO ES VIDA

Una ligera brisa curiosa y saltarina, entró por la ventana abierta del dormitorio con la persiana a medio bajar, atravesó las rendijas entre las lamas de madera y apenas rozándole le refrescó. La piel de su pantorrilla, se tensó, erizó sus vellos, que ahora enhiestos resistieron el empuje de la brisa, haciéndola presente en su interior, de tal forma que una sensación de movimiento se apoderó de él, de que...

**********

Estaba andando, por la orilla de una playa de blanca y fina arena, abrazado por el aire, acariciado en sus pies y en sus tobillos por el agua viva de las olas, que suavemente desembarcaban en la tierra, movimiento perpetuo en aquella frontera.

Le envolvía una sensación de exultante bienestar, pisando el suelo de fina arena en aquella playa de madreperlas. Disfrutaba de sus sólidos andares, cuando un golpe de mar inesperado le arrebató del contacto tranquilizador con el suelo firme. Quedó, repentinamente atrapado en unas sorprendentes olas de resaca gris y azotadora de aquel mar voluble, que en un momento se volvió, bravío y peligroso.

Se alejaba de tierra, sin poder evitarlo, encerrado en una insignificante gota de agua que lo transportaba a mil por hora, sin saber a dónde, formando parte en su insignificancia de la inmensidad del océano. Envuelto en el movimiento de ondas y espumas de azul pastelero, se olvidó de quién era él y quien las minúsculas partículas bioquímicas de aguas señoriales que le rodeaban, confundiéndose con el vaivén del cosmos.

Fue el reflejo del lomo rojo de un atún, pillado a contraluz, que le hizo tomar conciencia de sí mismo en aquel fondo del mar donde se hallaba. El rojo brillo, se agarró a su pantorrilla, devolviéndole al contacto de su piel con el entorno.

Estaba en eso de sentir su muslo, cuando una ola atrevida rompió en su espalda, un latigazo eléctrico le atravesó de través, había encallado en una roca, o sería en un muelle saltado que tenía aquel viejo colchón. Varado como estaba, miró con extrañeza la postura serena en que encontró a Silvia, dormida sobre el agua al lado suyo, con su precioso codo sobresaliendo en medio del océano.

Se removió en la cama para agarrarse a ella, pero se le escapó, pues el mar lo zarandeaba como a un pelele, dejándolo al borde de la cama con su flanco derecho des-tapado, ahora desprovisto del cobijo de la sábana.

Le recorrió un escalofrío, al sentir la desnudez, pero la certeza de una mirada cálida lo tranquilizó, venía desde un imposible arriba, pues su espalda estaba pegada al techo de la cocina y su mirada era el haz de luz que iluminaba la mesa con fruta y berenjenas, en la que dos moscas enamoradas se amaban románticamente aleteándose con suavidad calculada.

Repentinamente, cambió la luz de aquella estancia, entró la niebla, el espacio antes amable, se convirtió en inquietante, las imágenes, las ideas, los miedos, transportados por cables incandescentes, se cruzaron en su cabeza, produciendo un cortocircuito infernal al que asistía impasible, serenamente paralizado, con su cabeza convertida en una bolsa de chispas, que buscaban salir por sus fosas nasales.

Una intensa punzada, de sabor dulzón, concentró toda esta energía alocada en su sien derecha, en el mismísimo sentido, saliendo por sus poros hasta que se fue disolviendo, silenciándose, transformándose en un seductor olor, que le recordaba al algodón dulce de la feria.

Necesitaba, reconocer las facciones escondidas de la cálida mirada ausente, se insinuaron las de Felipe el repipi de su futuro cuñado, pero afortunadamente se difuminaron a la vez que se apagaba la leve punzada. En el interior de su cabeza se proyectaban, en gigantescas diapositivas: los sensuales labios de Silvia y su pecho perfecto en línea de horizonte, la melena teñida de Virginia sobre los mofletes carnosos de Ana que se continuaron en un perfil de hombros de chocolate y después, los ojos de Silvia lo llenaron todo, su mirada verdeazul lo arropó en una suave cálida y convincente piel de melocotón de musgo aterciopelado, reconfortando a su cuerpo que limpio y seco descansó sin inquietud, dolor, ni tristeza.

Ahí no terminó todo, pues extasiado y liviano subía sin esfuerzo por un resbaloso acantilado de verdina con rojo de cangrejos incrustados, contemplando una bellísima puesta del sol con el sonido del mar rompiendo abajo. Pensó ¿por qué no, besando mis pies la espuma?

En un instante, una ola atrevida le acarició con su espuma de tul, de arriba abajo, resbalando por sus tobillos hacia el origen, disipando todas sus cuitas.

Mientras tanto, el radioreloj seguía sonando muy bajito, y los Beatles cantaban en aquel momento:
Michelle ma belle

These are words that go together well
My Michelle
Michelle ma belle
Sont les mots qui vont très bien ensemble
Tres bien ensemble", [2]

Abrió un ojo, entrevió la silueta de Silvia, ausente, se acercó hacia ella pasándole una mano por su cintura... y siguió dormido que para eso sirven los sueños.

Pepe nunca supo lo que había soñado, ni lo de la playa, ni lo del océano, ni lo del rojo del atún, ni lo de las moscas enamoradas, ni lo de los cortocircuitos neuronales, ni las seductores formas de sus labios, la melena y los mofletes, ni la mirada en que descansó, ni la escalada del acantilado, ni lo de la espuma de tul, y al día siguiente no amaneció con Silvia.

Pepe siguió viviendo, Pepe siguió soñando, con la serena certeza de que: **"la vida se va resolviendo poco a poco, día a día"**. Igual, igual que había transcurrido esta jornada, que compartió como uno más, con sus semejantes, amigos y enemigos, familiares, conocidos y extraños, en donde disfrutó del amor, pasó inquietudes, angustias, algún buen rato y se complicó la vida sin quererlo y supo solucionarla sin pretenderlo, ni prepararlo, simplemente viviendo, nada más y nada menos.

**********

Siendo las tres cincuenta y seis de la madrugada del viernes 27 de junio de 1975, termina esta historia, en la ribera derecha del rio Guadalquivir a su paso por Sevilla, más exactamente en Triana, en la calle Pureza casa número 64, primero. Pepe su protagonista duerme plácidamente en la habitación del fondo donde se escucha el susurro de su respiración.

### Punto y aparte…aunque continuó..

---

[2]    [2]    Mi hermosa Michelle
son palabras que juntas van bien
Mi Michelle
Mi hermosa Michelle
son palabras que juntas van muy bien
juntas van muy bien.

Manuel Conde Díaz

# EPILOGO

El día siguiente fue viernes, subió algo el calor, y el siguiente sábado. No quiero seguirles contando, para ser respetuoso con el título de esta historia, ya que se ha tratado de un día. Pero no puedo aguantarme, pues cuando escribo este epílogo han pasado cinco años de ese 26 de junio de 1975 que acabamos de vivir.

Tengo que decirles, que estos  años son el tiempo suficiente que considera la medicina para conocer la evolución, el destino, de un proceso o una patología. Así que, les diré cómo han marchado las cosas, para el país, para Pepe y sus amigos.

El país cambió, al poco tiempo murió el dictador Franco, el 20 de noviembre de 1975 en Madrid. El sistema político ha evolucionado en muy poco tiempo hacia una democracia occidental, en el camino de integrarse en Europa, tenemos ahora un país mucho más parecido a sus vecinos europeos de lo que era en el momento de este relato. En 1977, se han hecho las primeras elecciones democráticas convocadas por Adolfo Suárez, un presidente que fue nombrado desde las instituciones franquistas, y en 1978 se ha aprobado la nueva constitución democrática, el Jefe del Estado es ahora el rey Juan Carlos I.  En 1979, acaban de celebrarse las primeras elecciones municipales democráticas, estamos en plena transición.

Juan el negro, el gran amigo de Pepe sigue en política y fue en las listas del partido comunista, pero no salió elegido en las primeras elecciones. Cuando habla con Pepe y Silvia, no para de preguntarse cómo es que los socialistas, el Felipe González y el Alfonso Guerra, ambos sevillanos, que no estaban jugándosela bajo el franquismo han conseguido que les vote tanta gente.

Juan, se ha presentado a las elecciones municipales en el pueblo del Aljarafe sevillano donde se ha ido a vivir con su novia Tere y ha salido como concejal. Sobre la declaración de Pepe, de fidelidad a los principios fundamentales del movimiento nacional franquista, no se ha hecho pública, esos archivos están ahora en la clandestinidad. Pepe no tiene intención de

158

decírselo por ahora a nadie, mantengan el secreto por favor, por lo menos hasta que un historiador lo desvele, si la encuentra.

Monseñor José María Escrivá de Balaguer, tras su muerte en el día que hemos vivido, está ocupando las efemérides del día, la Santa Sede ha recibido miles de cartas de fieles y de gran parte del episcopado mundial, solicitando la apertura del proceso de beatificación y canonización. Así es que hay mucho empuje para que lo consiga pronto.

Pepe y Silvia, empezaron a vivir Juntos, por lo que se siguen felices, se han cambiado de piso, han alquilado en el centro, en el barrio de Santa Cruz y bajan a tomar cerveza a la calle Mateos Gago, a la sombra de la Giralda.

El Camarón de la Isla y el Paco de Lucía, están petando en sus disciplinas artísticas y triunfando, el tal Silvio se ha consolidado como cantante, cada vez tiene más swing, más cervezas y copas en el cuerpo.

La taberna el Maravilla, sigue en su esquina mirando al río, al puente y a Sevilla, con Enrique perenne sujetando su barra para que no se escore. Aunque Pepe y Silvia, van por allí con menos frecuencia, algunas noches ahora que llega el verano es un buen punto de partida para quedar con los amigos y volverse después paseando a Sevilla, después de haber ido al cine de ve-rano o a tomar unas copas en la calle Betis, con la fresquita del río.

Manolo y Ana, siguen saliendo, pero no se han ido a vivir juntos. Ana volvió a vivir con su madre, que sigue fatal de los nervios, en el barrio de los Remedios y Manolo ha encontrado trabajo en Algeciras, por lo que está fuera durante la semana.

Miguel y Ramón, cuando coinciden, en el Maravilla o donde sea, siguen hablando de fútbol, alegrándose de los éxitos de su equipo y ¿por qué no? también de los fracasos del contrario, es que los del eterno rival no cesan de aprovechar lo más mínimo para quedar encima. Los dos equipos de la ciudad están en primera, el Betis ha quedado esta temporada de 1979-80 en el quinto pues-to, por encima del Sevilla. En 1977 ha ganado la copa del rey, la primera que se llama así y todavía les dura la alegría, a Miguel y a los béticos, a pesar de que al año siguiente bajaron a segunda para volver a subir inmediatamente.

Por lo que les cuento, verán, que la vida sigue discurriendo como si tal cosa, vaya que: **"la vida se va resolviendo poco a poco, día a día"**.

Fin

# ACERCA DEL AUTOR

Manuel Conde Díaz    Psiquiatra y psicoanalista    afincado en Sevilla desde su Juventud.    Participó en el movimiento estudiantil contra la dictadura franquista, en partidos de la izquierda clandestina.

Protagonizó profesionalmente la reforma psiquiátrica *"salta la tapia"* en el hospital de Miraflores. Autor de numerosos artículos científicos. Ha sido redactor de la revista de psicoanálisis y sociedad *Diván el terrible.* Autor de dos libros: *Psicoanálisis medicina y salud mental,* y *La religión en el diván.*

Desarrolla, su mantenida vocación de escritor con este relato, incursión puramente literaria. Una novela adulta, de juventud y de jóvenes, que trata una época que vivió personalmente, el de la transición española.